中小学传统文化必读经典丛书

中华神话故事

张童洋 胡芳芳 闫星烨 编著

中华书局

图书在版编目（CIP）数据

中华神话故事 / 张童洋，胡芳芳，闫星烨编著 . —北京：中华书局，2016.8（2023.2重印）

（中小学传统文化必读经典）

ISBN 978-7-101-11769-1

Ⅰ. 中… Ⅱ. ①张… ②胡… ③闫… Ⅲ. 神话—作品集—中国 Ⅳ. I277.5

中国版本图书馆 CIP 数据核字（2016）第 090807 号

书　　　名	中华神话故事	
编 著 者	张童洋　　胡芳芳　　闫星烨	
丛 书 名	中小学传统文化必读经典	
责任编辑	罗明钢	
责任印制	陈丽娜	
出版发行	中华书局	
	（北京市丰台区太平桥西里 38 号 100073）	
	http://www.zhbc.com.cn	
	E-mail:zhbc@zhbc.com.cn	
印　　　刷	中煤（北京）印务有限公司	
版　　　次	2016 年 8 月第 1 版	
	2023 年 2 月第 6 次印刷	
规　　　格	开本 / 880×1230 毫米　1/32	
	印张 6¾　插页 2　字数 60 千字	
印　　　数	28001-31000 册	
国际书号	ISBN 978-7-101-11769-1	
定　　　价	15.00 元	

致敬经典，亲近经典

　　中华传统文化经典著作历久弥新，就像岁月打磨的一颗颗光亮的钻石，等待我们去探索其中的奥秘。经过几千年的积累，传统文化经典著作浩如烟海，那么，对于中小学生来说，哪些是现阶段"必读"的，哪些是可以暂时放一放，留待以后再读的呢？为此，我们根据教育部颁布的《完善中华优秀传统文化教育指导纲要》对中小学生阅读传统文化经典著作的指导精神，参考《义务教育语文课程标准》和《全日制高中语文课程标准》关于传统文化的推荐阅读书目，并结合小学、初中和高中教材以及中高考涉及的传统文化著作，编辑了这套"中小学传统文化必读经典"丛书。具体来说，丛书又可分为以下几组"必读"小系列：

　　必读故事经典：《中华成语故事》《中华神话故事》《中华历史故事》《中华民间故事》

　　必读蒙学经典：《三字经 百家姓 千字文 弟子规》《声律

启蒙》《笠翁对韵》《增广贤文》《幼学琼林》

必读思想经典:《论语》《孟子》《大学 中庸》《老子》《庄子》

必读历史经典:《史记》《战国策》

必读古诗经典:《诗经》《唐诗三百首》《宋词三百首》《千家诗》

必读古文经典:《古文观止》《世说新语》

必读小说经典:《西游记》《水浒传》《三国演义》《红楼梦》

以上几组"必读"经典,收录了中华传统文化著作中的"最经典",涵盖了思想、历史、文学、语言文字等多个领域,对于中小学生来说已经是"蔚为大观"了。

考虑到不同学段以及经典本身的内容特点,丛书在体例上不求统一。如"必读故事经典",在保留故事精髓的前提下,改编为更适合小学生阅读的内容,并且在故事后附经典原文,链接相关故事或知识。"必读蒙学经典",添加了拼音、注释、译文和解读,方便小学生诵读和理解。"必读小说经典",对书中不易理解的字词进行了注释,使读者能够无障碍阅读。其他系列的经典则根据情况，有的收录原著全文，有的选录最经典的章节或篇目，主体内容包括正文、注释、译文和解读四个部分。所有经典原文，皆选用中华书局的权威版本作为底本，注释精准，讲解深入浅出，充分考虑中小学生的阅读实际。在尊重前人研究成果的基础上，也适当阐发新思路、新观点，激发中小学生的探索、求知欲望。每本书的最后，设置了独特的"阅读方案"，有的对经典的内容进一步讲解和拓展，有的对经典的思想内涵进行深刻阐述，有的对如何阅读经典给予阅读指导，有的梳理了与经典相关的知识或趣闻……总之，我们希望提供一套真正适合中小学生阅读的传统文化经典读本，让中小学生读得懂，读得有收获，读得有趣味，对经典既存有崇高的敬意，又不敬而远之，而是乐于亲近经典，体会到与经典相伴的快乐。

本套丛书由富有研究成果的专家学者和教学经验丰富的一线教师，根据中小学生的阅读需求协力编写而成。在此向所有参与编写的人员表示衷心感谢。

书和读书人是一个永恒的命题。少年时代正是读书的好时候。少年读书有着自身的特点，古人有一个形象的说法：

少年读书，如隙中窥月。这是由少年的阅历所限。我们也许不能拓宽这个小小的缝隙，但我们可以在这一隙之外，为读书的少年拂去眼前的云雾，展现书海中的明月和几颗灿烂的星。

中华书局编辑部

目　录

阅读方案

开天辟地第一人

　　很久很久以前，这个世界还没有诞生，整个宇宙就像是一个大鸡蛋，所有物质都混在一起，天、地、日、月都没有完整的形状，山、川、草、木也辨不清特征，人、禽、鸟、兽更是没有踪影。直到很多年以后，就在这样一个漆黑而混沌的世界中，逐渐生长出一个人形，他一直在吸收周围的精气与灵气，虽然始终纹丝不动地沉睡着，但身子却以惊人的速度不断长大，就连那个像鸡蛋一样的世界都被撑得慢慢变大了。

　　这个人形就是这世界中的第一个人——盘古。他在混沌之中沉睡了一万八千年之后，终于睁开了眼睛。这时的他已经长成一个高大的巨人，全身好像有使不完的力气。而当他坐起来张望这个世界的时候，却发现这里没有光明，没有生命，甚至没有清晰的轮廓与界限。

　　盘古看在眼里，急在心里，他想：所有的东西都挤在一起，我的个子这么大，缩在这里面真是难受死了，我要把这个世界改造成全新的模样。盘古在黑暗中摸索了半天，也没有找到合适的工具，他灵机一动，自言自语道："哎呀，我浑身都是力气，干脆就用我的手掌劈开这些东西吧。"说做就做，他站起来抡起胳膊狠狠地向周围劈去，脚下被他震出轰隆隆的声音，而他的手掌劈过的地方，就好像蛋糕被切开了一样，松松软软的。他惊奇地发现，一些像气体一样很轻盈的东西正在缓缓向上飘浮，而其他一些厚重的东西则开始不断下沉，这两者之间越离越远。盘古开心极了，更加卖力地向四周猛劈。终于，他看到整个世界都变得干净而清晰，飘向高处的成为天，而沉到下面的形成地。盘古站在天地之间，高大极了，举起双臂正好可以摸到天。

盘古做完这一切后，坐下来想要休息一下，看着周围的一切突然又很担心：天地现在刚刚形成，还没有完全稳定，万一有一天它们又合在了一起可怎么办啊，我还是用手托着天，让它不要再掉下来了吧。于是他立刻站了起来，双手高举着托住天空，双脚稳扎在大地上。从此，天和地每天都在变化，天每天向上升高一丈，地每天向下加厚一丈，而盘古始终屹立其中，随着天地之间距离的增长而不断变得更加高大。

不知不觉又过了一万八千年，天变得高极了，地变得厚极了，盘古也变得无比高大。他想：现在天地都已经有了稳定的样子，不会再合到一起了，我终于可以放心地休息一下啦。可是，这时候的盘古已经太累了，他刚刚挣扎着想要蹲下来时，便一头栽倒在地上，再也没有醒过来……

盘古死后，他的身体发生了奇特的变化：他的头变成了高耸入云的大山，左眼变成了太阳，右眼变成了月亮，头发变成了千万颗星星，血液和经脉变成了奔腾不息的江河湖海，皮肤与毛发变成了草木，呼出的气息变成了风，声音变成了雷霆……这个世界开始有了朝夕冷暖与山水草木。伟大的英雄生前完成了开天辟地的业绩，死后也不忘给后人留下无穷无尽的宝藏，让世界变得丰富多彩。

盘古开天辟地的故事在《三五历纪》《述异记》《古小说钩沉》中都有记载。

〔博闻馆〕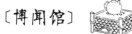

盘古的其他传说

关于盘古开天辟地的传说有多种版本，有一种说盘古睁眼看见世界混沌，同时发现脚下有一把大斧、一柄木凿，他顿时觉得如有神助，于是一手持凿一手挥斧奋力开辟天地，这便是现今很多地方流传"盘古斧"的由来。

另有关于盘古后代的传说。盘古当初生长时吸收世间精华，因此身躯与灵魂都充满灵性。传说盘古在弥留之际，很想将自己的本领和灵性传给后人，于是把自己的一滴眼泪藏了起来。过了很多年之后，伏羲族一个叫少典的国君偶然发现了盘古的眼泪，瞬时天空呈现一片祥和富润之象。不久少典便有了一个儿子，这个孩子就是后来的轩辕黄帝，他长大之后凭借一身智慧与胆力，统一了华夏民族，成为流传千古的传奇人物与圣贤明君。

女娲娘娘造凡间

　　整个世界好安静啊，早晨太阳升起却没有公鸡打鸣，晚上月亮爬上树梢却没有虫儿鸣叫，山虽高大却没有猛兽的嚎叫，森林茂密却没有鸟儿的歌唱，土地松软肥沃却没有一个足印。

　　这就是最初的世界，有了日月、山川、草木与河流，却没有一点儿生机。"究竟缺点什么呢？"天上的女娲（wā）娘娘来到这个世界后，看着周围的一切，一直在思考这样一个问题。

　　这天，女娲一个人走在路上，周围空荡荡的，一点声响都没有，她大声地说话、唱歌，却只能听到自己的回声。她走到清澈的湖水前，通过倒影看见自己美丽的容颜，突然明白了——这个世界缺少的原来就是和我一样会说、会跳、有喜怒哀乐、能动手劳作的人呀！女娲决心要让这个世界变得生机勃勃，她要用自己的神力，创造出具有智慧和力量的人类，让他们把这个世界变得得有声有色。

　　可是人应该是怎样的呢？应该用什么来做？他们又该靠什

么生活呢？女娲想了很久，她决定先为人类创造出一些能够被驯化的性情温和的动物，这样，人们今后就可以从事畜牧和农耕了。于是，第一天她创造了鸡，第二天创造了狗，第三天创造了猪，第四天创造了羊，第五天创造了牛，第六天创造了马。这六天，她一边创造着动物，一边不断地思考着应该用什么来创造人，她终于想出了一个好办法。第七天，女娲收集了大量的黄土，这些黄土都吸收了大地几万年的精华，极具灵性。女娲就用这些黄土和着水，团成一个个小小的泥团，然后把它们一一捏成和自己相似的人形。当女娲把它们捏成后放在地上，它们就像突然醒来似的睁开了眼睛，然后围着女娲娘娘高兴地又蹦又跳，好像在谢谢女娲娘娘赐予它们生命。其中一些娇羞小巧的小人儿便是女子，另一些勇猛高大的小人儿便是男子。

女娲就这么一直不停地捏呀捏呀，转眼间世界上已经有了不少的人，可是这个世界太大了，当人们一散开后，就又显得很冷清了。女娲娘娘又想出一个办法，她拿起一根柔软的藤条，用它沾满泥浆之后轻轻地挥舞开来，无数细小的泥点在空中旋转着坠落，在着地的瞬间顿时变成了一个个活蹦乱跳的小人儿。女娲娘娘高兴极了，就这样不断地创造出更多的人来。

　　可是人会生病，会变老，也会死亡，如果没有生命的繁衍与延续，那世界上的人还是会越来越少。为了让人类永远地延续下去，女娲娘娘凭借善良与智慧创造了嫁娶之礼，并教会人类如何男婚女配，遵从礼法，更好地养育后代。从此，世界开始有了人类的存在，他们在逐渐认识自然与自身的过程中，头脑变得更加智慧，生命力变得更加旺盛。

女娲造人的传说，在《风俗通》《太平御览》中都有简单的记载。

〔博闻馆〕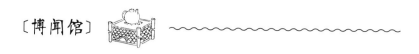

女娲的其他传说

关于女娲娘娘，除了大家最熟悉的"女娲造人""女娲补天"之外，还有一些其他的传说。比如：女娲娘娘实际上是人面蛇身，她为了让人类更好地行走奔跑，造人时便把人的下身改为了可以分开的双腿；《山海经》中记载着女娲死后，肉身中的肠子化作了十个神人，去了西方守护广阔的荒野，而她的灵魂则升上了天，由神兽保护着去了天宫，成为天神。

有巢氏教会人们造房子

在远古的时候，我们的先民还不会造房子呢。他们就像野兽一样生活，看见有大的山洞就住进去，许多人挤在一起；有时候找不到山洞，就随便找个地方躺下了。不仅要忍受日晒雨淋，而且很容易遭到野兽的攻击。

部落里昨天又度过了一个不平静的夜晚。有两只黑熊在夜里闯了进来，因为天太黑了，大家什么也看不见，只听见熊的吼声和同伴撕心裂肺的叫喊声。好不容易等到天亮，大家才发现，很多同伴都被咬死了。看到这样的惨象，部落首领心里特别难受，他想：再也不能这样下去了，住在山洞里太危险了，我一定要想个好办法，保护我的族人。

可是又有什么办法呢？首领出去走了好几圈，正当他一筹莫展挠着头的时候，忽然听见头顶有鸟儿在叽叽喳喳地叫。抬头一看，树上有个鸟巢，几只小鸟安安稳稳地卧在里面，鸟妈妈正在给它们喂食呢，看起来场面特别温馨。"对呀！"首领自言自语，"还是鸟儿聪明，在高高的树上做巢，那些野兽大多都不会爬树，这样就安全了。而且有树枝和叶子挡着，下雨也不会淋着了。"

　　首领决定向小鸟学习，在树上建造人住的巢。他回去跟大家说了这个想法，大家都连声说好，聚在一起讨论该怎么建这个巢。鸟儿因为身子小，所以找些小树枝和上湿润的泥土就能建起一个窝了，可是人的身体可比鸟儿大多了。看来要找些粗壮的木材，树也要找高大一些的。而且，这种巢居和山洞不一样，整个部落的人住在一起是不可能了。于是，首领就安排各家的父母和孩子单独住一个巢。

　　大家开始行动了，他们找到高大的树木，把一些小枝叶砍了，只剩下几根大树干，在树干上面平平地铺上几根木头，就像现在的地板，人们就可以躺在上面睡觉了。大家都说这已经很好了，但是首领还说不行，万一晚上睡着掉下来就糟了。于是他又教人们在原先的"地板"上用藤条建起"墙壁"，就像小鸟的巢一样，还在前面留出一个可供进出的小门。再拿树叶茅草盖在"墙壁"上，形成了最原始的屋顶。这样原始房屋就建成了。大家住进去后连声说好，说以后再也不用担心晚上有野兽来了，住在里面还可以遮阳避雨。

　　附近部落的人看到他们这种发明，一传十，十传百，大家都好奇地跑过来参观学习。首领把造房子的技术教给他们，一点都不保留。人们都很感谢这个首领，亲切地把他称作"有巢氏"，意思就是"造房子的人"。

　　后来的房子建得越来越坚固，更能抵挡得住野兽了。人们的胆子也慢慢大了起来，直接在地上建起了房子，不仅用木材建房子，后来还用上了石头、泥土，再到后来的砖块。但是人们永远铭记着第一个教大家造房子的人——有巢氏。

　　有巢氏的故事在《庄子》《太平御览》中有记载。

用木头变出火来

在蛮荒时代，人类像野兽一样生活着。每天太阳一下山，人们就陷入一片黑暗中；下雨下雪的时候，也只能缩在岩洞里瑟瑟发抖。最可怕的是，他们只能吃生肉，很多人吃完都会闹肚子，寿命也很短，小孩子能活到成年都是件很困难的事情。

有一天，闪电霹雳（pī lì），雷声轰鸣，下起了雷阵雨。部落的人们都躲在山洞里，吓得抱成一团。他们又冷又饿，而且十分害怕。这时候，一个响雷炸在了一棵松树上，松树一下子就燃起了熊熊大火，那么大的雨也没能把这火浇灭。雨停之后，人们好奇地凑过去看。靠近红色火焰时，他们感受到了一种从未有过的温暖，真是太暖和了。地上还有一些被雷劈死、被火烤熟的野兽，散发着诱人的香气。有人拿起一块尝了尝，哇，真是从未吃过的美味！天底下怎么会有这么好吃的东西！那天晚上，大家围着这团大火，吃着烤肉，跳了一晚上的舞。

可是第二天早上，火就灭了，人们只能等着下次雷火。可下次什么时候打雷，谁知道呢？尝到火带来的甜头后，他们再也不想吃生食，再也不想挨饿受冻了。

　　这个部落的首领是个很能干的年轻人，他日思夜想，琢磨着该怎么自己造出火来。一天晚上，年轻首领做了一个梦，梦见天帝对他说："我告诉你一个地方，从这里往北走，有个燧（suì）明国，从那里可以取来火。"

　　年轻人醒来，想起天帝那句话，就赶紧起身往北走。翻过九十九座大山，蹚过九十九条大河，他终于来到了燧明国。这里遍地长着一种参天大树，枝叶浓密，遮住了整个天空。整个燧明国一片黑暗，根本分不清白天黑夜。

　　"这么黑暗的地方，怎么会有火种呢？"正在年轻人挠着脑袋疑惑不解的时候，他忽然感觉头顶闪过一点点亮光。他兴奋地抬头看，只见几只嘴巴又硬又长的鸟儿正在啄那些树呢，它们一啄，树上就闪过一道火光。年轻人看了很久，想起那个梦，恍然大悟，原来这就是天帝的启示。他折下一根树枝，学着鸟儿的样子使劲戳树干，可是却没有冒火星；再戳，还是没有。年轻人泄气地坐在了地上，鸟儿的嘴巴又硬又长，能戳进树干，可是树枝却戳不进去。如果……如果使劲地钻会怎么样呢？于是年轻人拿起一根比较尖利的树枝在树干上使劲地钻了起来，钻了很久很久，树干上终于蹦出了小火星。年轻人赶紧把小树枝凑过去，小火星烧成了小火苗，看着红红的火焰，年轻人激动地流下了热泪。

从燧明国回来，年轻人四处奔走，把这个钻木取火的方法告诉了所有人。有了火苗之后，寒冷和饥饿远离了人们。大家在岩洞里烤火，吃上了熟食，过上了温暖快乐的生活。为了感谢这个年轻首领的贡献，大家称他为"燧人氏"，也就是"取火者"的意思。他的故事也一代代流传下来，直到今天。

钻木取火的故事在《韩非子》和《太平御览》中有记载。

伏羲教大家畜牧

　　很久以前，人们还不会饲养家畜，只能每天凭着运气到山林中打些猎物。自从燧人氏钻木取火得到了火种后，人们便尝到了烤肉的味道，那味道棒极了，简直比生肉要好上一百倍。可无论是山林中的猛兽，还是水中的鱼虾，对于那时的人们来说，都不是很容易就能捕捉得到的，而且好不容易杀死一只野兽，没过几天肉就变质了。所以人们每天只能想着烤肉的味道，却过着饥一顿饱一顿的日子，直到有一天，伏羲出现了。

　　伏羲是一个部族首领，自从教会人们如何取火的燧人氏去世后，他便站出来带领大家创造美好的生活。

　　有一天，伏羲带着几个强壮的猎人去山里打猎，一行人在森林中还没走几步，就看到树丛中窜出来一只大野猪。这头野猪又黑又壮，嘴里伸出两只亮闪闪的大獠牙，眼中冒着凶光，向着他们猛冲过来。这些猎人本来都是部族中最厉害的战士，可是这一变故来得太突然了，再加上这只野猪也太凶猛了，有一个战士一下子就被它顶了出去，撞到了一棵大树上。伏羲一看, 赶忙招呼大家退后, 用手中的弓箭对付它。不知射了多少支箭, 最后还是伏羲奋不顾身地把猪腿打断, 才降伏了这只野猪。这次, 好几个猎人都受了伤, 疼得直叫。伏羲看在眼里, 心中很难受, 想着应该用什么样的方法, 才能轻易地降伏野兽呢?

　　回来之后，伏羲每天都吃不下睡不好。这天，他心烦得在屋子里走来走去，偶尔停下来，抬头叹了一口气，忽然看到屋梁上有一只蜘蛛在结网，他灵机一动，心想：既然蜘蛛网可以捕捉到小飞虫，如果仿照着做出一张大网，不就能用来捕野兽了吗？他召集大家学蜘蛛织网的样子用绳子编出一张网来。这张网的用处可大了，用上它之后还真捉住了不少野兽。后来，伏羲又在打猎中总结了许多经验，比如设置陷阱、埋伏。就这样，打猎变得越来越容易了，人们也很少受伤了。

　　捕捉到的动物越来越多，人们一时也吃不完，伏羲对大家说："既然这么多野兽我们吃不完，不如把它们养起来，以后就不用打猎了。"于是，人们按照他的指导，用木头做成栅（zhà）栏，把一些牲畜赶到里面养起来，按时喂它们食物，等养得肥肥壮壮了再把它们吃掉。此后，人们就很少去山林中打猎了，因为精心喂养这些牲畜，就足以让人们每天都能吃上香喷喷的熟肉了。人们的生活过得越来越好，也不用每天与野兽搏斗了，伏羲受到了越来越多人的尊敬和爱戴。

　　这个故事出自《史记》。

〔博闻馆〕

伏羲的别名

据说伏羲姓风，他在中国古代神话中有好多名字，最为大家熟悉的就是伏羲这个名字。此外，他的名字在不同典籍中还有宓（fú）羲、皇羲、伏牺等多个不同的写法。本篇故事在《史记》中原来的记载是"庖（páo）牺氏畜牧"，庖牺就是伏羲。"庖"是厨房的意思，而"牺"就是牲畜的意思，这个名字说明了伏羲教大家畜牧的功劳。又因为伏羲很圣明，他的品德就像日月的光明那样，于是又被称作太昊（hào）。另外，在一些记载中，伏羲和木神句（gōu）芒被认为是同一个人，掌管着春天树木的发芽生长。中国神话的记载比较散乱，知道了伏羲的名字有这么多不同的写法后，以后就不容易弄糊涂了。

神农为民尝百草

炎帝神农氏是一个慈祥的老人，他爱护百姓就像爱护自己的子女一样，臣民们都十分尊敬他，他的好名声传遍了整个神州大地。神农最大的贡献是发现了稻谷、小麦等可以食用的五谷。在伏羲教会大家如何畜牧之后，人们便每天依靠吃肉生存，可是肉再好吃也不能总吃啊，而且小孩和老人吃了也难以消化，在发现了粮食后，人们便可以吃到香喷喷的谷物饭食了。

那神农是怎么发现稻谷和小麦的呢？原来他有件神奇的宝贝叫作赭（zhě，赤红色）鞭，无论什么样的植物，只要用赭鞭轻轻一碰就知道有毒还是没毒。一天，神农正在院子里乘凉打盹儿，忽然有一个小东西落到了脸上。神农睁开眼睛一看，原来是一个稻谷粒从飞过的小鸟口中掉落，正好砸到了他。神农用手指揉搓了一下稻谷，露出了一个亮晶晶的米粒。他放在口中尝了尝，发现味道还不错，不由得十分高兴，心想如果用火煮熟了吃岂不是会更好，大家以后如果都能吃到稻米的话，不就又多了一种食物？他细心地在周围的土地上寻找，终于找到了一棵稻子，用赭鞭碰了碰，哦，稻子是没有毒的。就这样，他渐渐寻找并发现了五谷，还有一些可以治病的草药。

　　人们发现五谷可以食用之后，就想着有没有更多的植物可以吃，于是他们看到陌生的植物就尝一尝，可这样一来二去，许多毒草就被人们吃到肚子里去了。神农看到好些人都因此生病甚至去世了，心里十分难过，他决心要亲自尝遍天下百草，不让子民们受到伤害。

一个春天的早晨，神农辞别了臣民们，挂着一根坚硬的木杖，跋（bá）山涉水地去尝百草。日子就这样不知不觉过去了，神农出发的时候还是春天呢，不知过了多久就飘起了纷纷扬扬的大雪。如此年复一年，神农不知道磨破了多少双草鞋，也不知道拄断了多少根拐杖；他爬上过高耸入云的山峰，横渡过波浪滔天的大河，曾经为了采集一株药草摔伤过腿，也曾为了尝出两种毒草的区别而生了一场大病。虽然神农有赭鞭帮忙，但它只能分辨出植物有毒还是没毒，神农想造福百姓，告诉大家如何解毒如何治病，那就必须亲口尝一尝，然后再对着症状给自己医治。好在神农的医术高明，一次又一次化险为夷。

然而有一天，神农由于吃过大量的毒草，体内的毒素累积起来一起发作了。这时的神农已经七八十岁了，再也抵抗不住，一头栽倒在地上，半天也爬不起来。他看到路旁长着一棵不起眼的小草，神农知道这种小草有剧毒，但他还是把它放在嘴里尝了起来，这可能是自己最后一次为百姓尝百草了。他一边咀嚼（jǔ jué）着，一边记录下来。这种小草就是断肠草，神农吃下之后就慢慢地失去了知觉，他心想：我已经尝遍了百草，而且都记录了下来，从今往后百姓们就知道什么是药草什么是毒草了，这样我也就心安了。想着想着，他慢慢闭上了眼睛，嘴角露出了淡淡的微笑。我们伟大的神农就这样去世了，可是他留下了宝贵的经验与丰富的记录，告诉人们如何辨别百草，人们对百草的认识加深了。

神农尝百草的故事在《史记》和《搜神记》中有记载。

〔博闻馆〕　～～～～～～～～～～～～～～

神农与《神农本草经》

神农为了百姓尝遍了百草，有一本古书《神农本草经》也被认为和他有关。这本书记载了365种药物，被认为是中国最早的一部药学专著，十分了不起。在古代，不少大学者都认为这本书是神农写成的，但是现代的中医学界认为这种说法是错误的，这本书不是神农所写，而是古代众多医学家的医学经验累积而成的，是他们共同的智慧结晶。在这本书里，药物按照组成药方时的不同作用，被很有趣地分为了君、臣、佐使。君指的是主要的药物，是上品，包括人参、黄连等，治病的时候主要用的就是它；而臣指的则是辅助治疗的药物，是中品；佐使是再次要一点的药物，是下品。在《神农本草经》中，君、臣各有120种药物，佐使有125种药物。别看药物中的君是最重要的，在真正治病的过程中，哪种药也不能缺少。而现在，《神农本草经》一书早已散佚，我们只能从后来其他的药书中看到有关它的记载。这本书虽然不是神农写出来的，但是托名于神农，也说明了尝百草的神农一直受到大家的尊敬。

黄帝大战蚩尤

有这样一群勇士，他们身披坚硬的盔甲，手握锋利的兵器，行动起来像一阵旋风，杀起人来比虎狼还要凶狠，无论谁和他们作战都不可能有活着的机会。这八十一个铜头铁臂般的九黎族勇士是所有部落的噩梦，而他们的首领蚩尤，更像战神一样所向无敌。

黄帝部落中的人们对九黎族勇士也是又惧又怕，在他们眼中，蚩尤更为凶残可怕。其实蚩尤是个很正直的人，他嫉恶如仇，爱护百姓，无论谁招惹九黎族，他都会带着手下的八十一个兄弟把他追得无处可逃。蚩尤是炎帝忠心的臣子，自从炎帝被黄帝打败了之后，他就决定在涿（zhuō）鹿这个地方与黄帝大战一场，为炎帝报仇。可他也知道黄帝果敢善战，手下的能人数不胜数，于是发动起整个九黎族的勇士，为这次战斗做了很长时间的准备。

惨烈的战争如期而至，在涿鹿双方摆好了阵势。首先发起进攻的是黄帝的军队，他率领的六大部族如狼似虎，一下子就将蚩尤的军队冲得七零八落。过了一会儿，天空中出现了一条巨大的飞龙，这是黄帝属下的臣子应龙，他遵从黄帝的命令，早早地就蓄了一肚子的水，这时候"哗"地一下子冲着蚩尤的军队喷了出来。蚩尤和他的勇士们毕竟久经战阵，只是稍稍慌乱了一阵子，便又重新排好了作战的阵形。看到应龙又要喷水，蚩尤一挥手，两个大巫师开始作法。这两个巫师，一个叫风伯，能够召来狂风；另一个叫雨师，有收水降雨的本领。只

见他们嘴里念念有词，用手一指，一阵狂风就把应龙喷出的水卷回到黄帝的军中，紧接着又是一阵大雨落下，黄帝的军队一时大乱。蚩尤趁着这个机会，率领战士们将黄帝打得大败而逃。

黄帝是个仁德的好首领，他看见士兵们受了伤，心里很不好受。这时候足智多谋的风后和天女旱魃（bá）从别的地方赶过来帮助他，于是黄帝整顿好军队，与蚩尤又开始了一场大战。战斗一开始，狂风暴雨就向黄帝的军队猛烈袭来，原来风伯和雨师又作起法来。这时忽然一道刺眼的光芒升起，风和雨一下子就都不见了。原来这是天女旱魃在施展法术，她有让天下大旱的能力，瞬间就把风雨驱走了。黄帝的士兵们顿时信心大增，顺势冲杀过去，而蚩尤这时心中慌乱，赶忙弄出一场大雾就想逃跑。无边无际的大雾并没有困住黄帝，因为风后根据北斗七星的运行规律制造出了一辆指南车，很容易就帮助黄帝找出了正确的方向。蚩尤根本没想到黄帝会这么快走出大雾，在完全没有防备的情况下被黄帝活捉了，他的勇士们也纷纷战死了。

其实黄帝是很敬佩蚩尤的，但为了天下的安定，不得不忍痛杀掉他。蚩尤死后，他的身体和头颅被埋在相距很远的两个地方，而他的头颅后来化成了一片血红血红的枫树林。蚩尤被后世的人们奉为战神，连黄帝也曾把他的形象画在战旗上，用来鼓励自己的军队像蚩尤一样英勇善战呢。

在《山海经》《史记》以及《太平御览》中有关于黄帝战蚩尤的记载。

〔博闻馆〕 ～～～～～～～～～～～～～～

旱魃与应龙

在涿鹿之战中，旱魃施展法术，一下子把风雨驱赶得无影无踪；应龙喷出大水，把蚩尤的军队冲得七零八落。这两人都为黄帝的胜利立下了汗马功劳，那么他们在神话中到底长成什么样子呢？旱魃是干旱之神，根据《山海经》的描述，她是天上的神女，但她并不怎么漂亮，穿着青色的衣服，头上光秃秃的没有一根头发，浑身散发着光芒和热量，没有人敢接近她。在她帮助黄帝取得胜利以后，就失去了很多神力，再也没有办法回到天上，她在人间住到哪儿，哪儿就一滴雨都不下。而在其他记载中，有的说旱魃是一只像猿猴的怪物，也有的说旱魃是个身高二三尺的人，来去如风。总之，虽然旱魃在不同的记载中有不同的形象，但她能带来大旱的能力却是一致的。应龙是一种有翼的神龙，据说龙活过五百年能成为角龙，而活过一千年才能长出翅膀成为应龙。应龙和旱魃一样，在这场大战中失去了很多神力，他留在人间，无论到哪儿都能引来大雨。据说后来，他还帮助大禹治过水呢。

嫘祖养蚕做丝衣

　　黄帝成为有熊氏的首领之后，部族越来越兴盛。北方地区的一些小部落逐渐都来投奔，他统治着北方大半部分的土地，受到了人们的敬仰，但是他也有一个难题：需要一个才貌双全的女子做他的正妃。

　　虽然在有熊氏以及北方部落中，年轻漂亮的女子很多，但是作为黄帝的妃子，还要有出众的才能并且贤淑知礼。黄帝在众多女子中挑选，总是难以找到一个称心如意的。可是首领不能总没有一个正妃啊，黄帝的大臣都替他着急起来，纷纷向他推荐别的部族的女子。有的说有邰（tái）氏有个女孩相貌出众，有的说有扈（hù）氏首领的女儿很美丽，黄帝一直摇头，都不合他的心意。这时有一个大臣对他说：西陵那个地方有个女子叫嫘（léi）祖，不仅漂亮，而且还会做丝绸的衣服。黄帝一听，眼睛亮了起来，他想：这样的女子不正是我需要的吗，她可以给我们的部族带来新变化啊。

　　黄帝决定带着几个大臣亲自去西陵向嫘祖求亲。当他轻

轻敲开嫘祖家的门时，一个女子从里边走了出来。黄帝简直
不敢相信自己的眼睛：世上竟然有这么美貌的女子！清秀的脸
庞，大大的眼睛，尤其是身上穿的那件衣服，顺滑而又精致，
更显得肤白胜雪，就好像一枝亭亭玉立的荷花一样。黄帝和他
的臣子们被嫘祖请进了屋子，并向她的父亲说明了来意。嫘祖
和她的父亲早就听说黄帝是北方的大英雄，是他让百姓们过
上安居乐业的生活，心里早就同意了。于是黄帝便把嫘祖带回
了有熊氏部落。

　　部落中的人们看到嫘祖身上穿的衣服，都不禁惊叹起来："这就是用丝绸制成的衣服吗? 太美了!"原来那时候还没有丝绸的衣服呢，人们穿的都是用麻和兽皮等胡乱缝制的衣服，和嫘祖的丝绸衣服一比，简直就像野人一样，完全被她的光华掩盖了。人们纷纷称赞嫘祖美丽，她是个腼腆的女子，觉得十分不好意思。黄帝拉着她的手对大家宣布: 从今以后由嫘祖教大家做丝绸衣服。

　　部族中的女子纷纷来向嫘祖学习，嫘祖告诉大家先要学会养蚕。这些白白胖胖的小东西可厉害了呢，每天喂它们吃些桑树叶，它们就会吐出又长又细的蚕丝来，这些丝就是做衣服的原料。于是大家听从嫘祖的吩咐，在部落外的空地上种了一片桑树林，渐渐养起了好多蚕。在嫘祖的精心指导下，产出的蚕丝洁白又柔韧，大家都很高兴。紧接着嫘祖又教她们如何用蚕丝制作衣服，就这样过了一阵子，全部族的人都穿上了又轻巧又漂亮的丝衣。黄帝带领战士们在前方打仗，嫘祖就带领留在家中的女子们从事生产，安定着部族的后方。没有了后顾之忧，黄帝的军队取得了一场又一场胜利。

　　嫘祖是我们中华民族养蚕制丝的创始人，被后世的人们尊敬地称为"蚕神"。

在《史记》中有关于嫘祖的记载。

[博闻馆]

中国的丝绸

丝绸与瓷器一样，都是中国的象征。丝绸的编织是一项很复杂的工艺，它柔滑的手感和精致的样式，不仅受到中国人的喜爱，而且早在古时候就被外国人所珍爱，著名的丝绸之路就是以中西方的丝绸交易而命名的。据说在古代的欧洲，每个人都以拥有丝绸而骄傲，当时只有皇室和贵族才有机会使用丝绸，平常的百姓连见都没见过。哪怕只是废弃的丝绸边料在外国市场上都能卖出很高的价钱，由此可见丝绸是多么珍贵。丝绸分好多种类，比如纱、锦等。最著名的四大名锦是四川蜀锦、苏州宋锦、南京云锦以及广西壮锦，其中蜀锦织造技艺还被列为国家级非物质文化遗产呢。

仓颉苦心造汉字

"黄帝的史官是一个奇人"，无论哪儿的人们都这么说，"不管有多少事，不管这些事有多么复杂，他保准儿都能一一记下来，而且还不出一点儿差错。"那时候人们用什么方式记录事情呢？答案是绳子。发生了一件事情，就在绳子上打一个结，大的事情打个大结，小的事情就打个小结；事情之间隔了多长时间呢，就在两个结之间留出多长一段绳子。可是每天大事不少小事不断，一来二去这绳结就乱套了，事情当然也就记不清了。作为黄帝的史官，仓颉（jié）需要记下的事情就更多了，可是无论什么事他都能记个一清二楚，所以人们说他是个奇人。

仓颉的眼睛非常奇特，他的每只眼睛中都有两个瞳孔，人们通常把这样的眼睛称作重瞳，据说重瞳的人都是很不一般的人。仓颉本来是个聪明而又有点马虎的人，有一次黄帝和炎帝因为边境的事起了很大的争执，仓颉负责为黄帝提供事实依据，可是结绳记事的方法太不好用，他又把某些事给记错了，结果黄帝在这次谈判中失败了。虽然黄帝没有责备他，但是仓颉心里很不好受，他独自一人坐在河边，心里琢磨着如何才能把事情记得又准又牢呢。不知不觉就过了一天，当夕阳快落山时，河里突然浮出了一只大乌龟，仓颉仔细一看，只见它青色的龟壳上有无数条细小的花纹，映着夕阳的余晖，显得那样神秘。仓颉看着看着就不觉出了神，等到大龟渐渐潜入水中的时候，他才一个激灵回过神来，心想：如果能够创造一些类似龟壳花纹的符号来记录特定的事情，不就不会乱了吗？仓颉高兴得手舞足蹈，说干就干，他陆续创造出了一些符号，从此以后就再也没有记错过事情。

黄帝知道这件事后，对仓颉大加称赞，并奖赏给他好多东西。仓颉得到赏赐，却并没有骄傲，想着要创造出一套完整的系统的符号，让全天下的人都能把事情清清楚楚地记下来。为了这个理想，仓颉暂时向黄帝辞去了史官的职务，收拾好行囊到各地去考察收集符号。仓颉一路走来，每到一个部落，都会向当地人征求意见，并且收集起他们常用的符号。他还仔细观察天上星宿的分布，研究山川河流的脉络，甚至把飞禽走兽、草木器具的样子都一一记录描绘下来。

　　就这样过了好几年,仓颉带着收集思考得来的材料回到了家乡。一回到家他就钻进了屋子里,日思夜想,要把这些符号归结到一个系统中。又不知过了多久,某一天,天空中忽然划过一道闪电,大雨哗哗地从天而降,不过人们惊奇地发现,落下来的竟然不是雨滴,而是一粒粒粟米!又有人隐隐约约地听到呜咽的声音,从仓颉住的地方悠悠地传来,还看到一

条龙的影子在他家的屋顶一闪而过。原来经过了这些天的
整理，仓颉终于创造出了一套可以书写并记录事情的完整符
号，就连天地都为此庆祝，所以才显现出那些奇妙的异象。
仓颉将这些符号称作"文字"，从此，令我们骄傲的汉字便诞
生了，人们也因此尊称仓颉为"字圣"，来纪念他这项伟大的
创造。

仓颉造字的故事在《淮南子》和《平阳府志》中有记载。

〔博闻馆〕

汉字的知识

汉字是世界上使用人口最多的一种文字，也是历史最悠久
的文字之一。汉字的历史最早可追溯至甲骨文。甲骨文产生于商
代，因为这些文字都被刻在了龟壳和兽骨上，所以就被称作甲骨
文。据说这些甲骨最开始是被当作中药拿来治病的，后来清朝
有个学者发现了药材上面的符号，仔细研究后认定这些符号是
一种文字。甲骨文就这样被发现了。汉字的写法是不断变化的，
秦朝的时候，人们主要使用的字体是小篆（zhuàn），这是中国

第一种也是唯一一种由国家规定的标准汉字。而到了汉朝，人们就大多使用汉隶(lì)了。除了这几种字体之外，我们都知道，汉字还有楷书、草书、行书等字体，其中楷书也是现代汉字手写体的参考标准。不仅中国人使用汉字，我们的邻国朝鲜、越南也曾使用过汉字，而日本直到现在还在使用汉字。这些国家也曾经仿效汉字创造出了自己的文字，由此可见汉字的影响和魅力。

颛顼制乐定天下

夏天的夜空繁星闪闪，仿佛一颗颗钻石镶嵌在蓝丝绒上，女枢坐在院子里乘凉，她一边扇着扇子，一边静静地看天上的星星。这时候，忽然有一颗星星像一道长虹一样穿过月亮，那正是北斗七星中的第七星——瑶光。女枢看到这神奇的景象后不久就生下了一个孩子——颛顼（zhuān xū）。颛顼又叫高阳氏，从小就聪明过人，二十岁时继承了黄帝的帝位，成为中原地区的首领。

黄帝击败了蚩尤之后，收服了蚩尤所统领的九黎族。然而黄帝死后，九黎族又开始不安分起来。颛顼帝每天忙着四处平复战乱、制定历法，就为了天下能够太平，可是这九黎族偏偏来捣乱。他们信奉"巫教"，大部分时间花在占卜和祭拜鬼神上，结果扰乱了整个社会的正常秩序，也带坏了社会风气，人们不再安心从事农业生产，也不再诚敬地祭祀上天。颛顼看在眼里急在心里，他只好强制人们不许信奉"巫教"，不许占卜，让大家把精力放在种植作物、开垦荒地和正常生活上。

一波未平，一波又起，共工氏的首领竟然要和颛顼争夺帝位，这场战争旷日持久，颛顼终于艰难地打败了共工。可是这样一来，社会就更加不稳定了。颛顼想：一定要想出个办法，让普天下的人们万众一心，不再有叛乱和战争。他突发奇想，不如创作一首乐曲吧，这样当人们听到这首乐曲的时候，心不就连在一起了吗？于是他高兴地叫来乐官飞龙氏，吩咐他说：

"我打算让你创作一首乐曲，用来凝聚天下的人心，你觉得怎么样？"飞龙氏赞同地说道："这个主意太好了，我决定亲自到民间吸收各个地方的音乐风格，来创作一首宏大的乐曲。"于是飞龙氏到各地采风，潜心研究了很长时间，最后融合了中国八大区域的乐曲风格，创作出了一首恢弘悠远的乐曲——《承云》。颛顼听后十分满意，决定在不久之后的诸侯大会上命人演奏这首乐曲。

大会召开的这一天，各地的诸侯纷纷赶来，他们心里对颛顼其实是又敬又怕，敬的是颛顼英明正直，怕的是他平定叛乱时所用的强硬手段。此时，只见颛顼穿着一身黑色的帝服，神色庄严地登上祭坛，命令乐官演奏新创作出的《承云》。一阵悠扬的乐声传入众位诸侯的耳中，他们闭目欣赏，惊奇地发现这曲子中竟多少有些自己家乡乐曲的味道，感觉十分地亲切动人，一种强烈的归属感也油然而生：我们都是颛顼帝的臣民，我们的领地都是神州大地的一部分啊。一曲终了，诸侯们仿佛还沉浸在美妙的音乐中，过了一会儿才缓缓地睁开眼睛。颛顼洪亮的声音也在这时响起："这首《承云》，既是为了祭祀上天和祖先黄帝，也是用来团结天下人的。四海之内的民众要把心连在一起，共同努力使社会安定，人民安居乐业。"诸侯们听后欢声雷动，纷纷赞扬颛顼的仁德。从此以后，叛乱和战争就很少发生了。颛顼到各地视察，无论到哪儿都会受到百姓的热情款待。社会安定太平，这都离不开《承云》曲的功劳啊。

颛顼制乐的故事在《吕氏春秋》和《史记·五帝本纪》中有记载。

〔博闻馆〕

共工怒撞不周山

颛顼是黄帝的孙子，而共工则是炎帝的后代。共工看到颛顼取得了帝位，把国家治理得蒸蒸日上，心里十分嫉妒，于是率领自己的部族攻打中原。共工号称水神，他有着深不可测的法力，而颛顼的本事也不小，双方你来我往，战得天昏地暗。颛顼军队的人数比共工部落的人多太多了，虽然共工英勇无比，可是又如何敌得过那么多的战士呢？共工被打得节节败退，一直退到了不周山这个地方，他看到手下的人差不多都战死了，心里悲愤异常，大吼一声，凝聚起全身的神力向不周山撞去。这一撞，空中好似响起一声惊雷，天地都变了颜色。轰隆隆的巨响过后，高耸的不周山被撞断了好大一截，天都好像要塌下来了一样。颛顼十分震惊，心中佩服共工的刚强不屈，于是放过了共工的手下。不周山本来是一根天柱，这根天柱断了以后，天空出现了一个大窟窿，日月星辰也移动了位置。也便有了之后女娲补天的故事。

女娲补天

生机勃勃的世界突然有一天完全变了样：天空朝着西北的方向倾斜，大地向东南的方向深陷，洪水泛滥，大火蔓延，百姓失去了家园，生活在水深火热之中。

这是共工临死之前看到的景象，他先前和颛顼为了争夺帝位而展开大战，最终因寡不敌众，一气之下一头撞向不周山，这一撞不仅送了自己的性命，还把这天地间的支柱——不周山拦腰撞断。天柱一断，连着天的那一头趁势把天捅了个大洞，导致天地之间所有东西都移了位置。

女娲闻讯赶到人间，目光所到之处都是无家可归的百姓，还有很多凶猛的鸟兽趁机出来伤害人类。她焦急万分，想要赶紧把天补起来，让世界恢复原本的秩序。于是她周游四海，遍访群山，最后选中了东海之外的一座仙山——天台山。这山漂浮在海上，为了不使它沉入海底，海中有一只巨大的神龟用背驮着它。这山的特别之处在于山上有一种奇特的五色土，用这种土炼成的石头坚硬而美丽。

　　于是女娲在天台山顶垒起巨炉，用了九天九夜，炼造了无数块五色石；又用了九天九夜，用五色石把天空上那个大洞小心翼翼地补了起来。天补好之后，五色石就只剩下一块了，女娲娘娘便把它放在了天台山的山顶上。

天是补好了，可是没有了原来的擎天柱，该用什么来支撑天地呢？女娲娘娘正在苦恼的时候，突然想起海中那只驮着天台山的神龟，情急之下，便把神龟的四只脚砍下来，分别放在世界的东南西北四极。可是天台山没有了神龟的支撑会沉入海里呀，别担心，女娲娘娘已经提前把它移到了东海边一个叫琅琊（láng yá）的地方。

女娲补天之后，天地都有了自己固定的位置，洪水也沿着河道有规律地流淌，燃烧的烈火逐渐熄灭，凶猛的鸟兽消失了，善良的民众存活了下来，整个世界又恢复了宁静。人们在天台山载歌载舞，感谢女娲娘娘对人类的帮助，同时还在山下建起了女娲庙，世世代代朝拜者络绎不绝，香火不断。

女娲补天的故事在《竹书纪年》《淮南子》等古籍中有记载。

追逐太阳的人——夸父

远古时候，北方到处都是无垠的荒漠，在一座山谷深处，生活着一个特殊的部落，他们的首领叫作夸父。这个部落的人们身材高大，力大无比，勤劳勇敢，多少年来一直过着平静逍遥的日子。

可是天气开始变得越来越燥热，植被越来越稀少，能够充饥的食物也越来越少，而毒蛇猛兽四处横行，族人的生活十分凄苦。夸父每天都带领年轻力壮的族人一起对抗毒蛇猛兽，在他们的努力下，凶猛的野兽终于逐渐减少了。可是，天气还在变得更加燥热难耐，不少人纷纷死去。每当清晨天刚刚有了一丝光亮时，太阳就已经开始散发出巨大的热量，整个大地就好像马上会燃烧起来似的。夸父很难过，他对族人说："这太阳实在可恶，我要去追上并捉住它，让它听从人的指挥，造福我们的生活！"大家听了都纷纷劝阻夸父，太阳又远又炽热，是不可能追得上的。但夸父发誓为了大家能继续生存，一定要去冒这个险。

当太阳刚刚从海平面上探出头来时，夸父便开始沿着东海，朝着太阳升起的方向大步追逐。太阳在空中快速移动，夸父在地上如疾风一般追赶。疲惫时，他只是坐下稍稍打个盹儿，饿了，他就摘沿途的野果充饥；渴了，他就弯腰喝几口河水，却从来没有停下追赶太阳的脚步。

夸父就这么一直跑呀跑，脚下的步子越迈越大，最后竟然像飞一样快。太阳金黄色的光芒笼罩着夸父，他已经很多天没有好好休息了，但仍然坚持追赶。就这样历经了九天九夜，终于在太阳要落山的地方，夸父觉得马上就要追上啦，因为那时的太阳就像一个鲜红的火球，似乎离他很近很近，近到好像一伸手就能抓到。夸父被照得全身滚烫，身体里的水分好像都要被抽干了。他感到无比饥渴与疲惫，他想，我只有喝饱了足够的水，才能够接近太阳，否则会被烤死的啊。于是，他跑到黄河边喝干了黄河水，但仍然觉得干渴无比，于是他又跑到渭河边喝干了渭河水，可还是渴得要命，这可怎么办呢？夸父突然想起在北方有纵横千里的大泽，那里有一望无际的水可以让自己喝个够，于是他迈开大步奋力向北方跑去。但是，他还没等跑到大泽，就因为又渴又累而摔倒在地，再也没有一丁点儿力气爬起来继续跑了。

这时候的夸父，知道自己快要死了。他希望后人不会因为饥渴而困死在荒地之中，于是用尽最后一丝力气，将桃木手杖向着无垠的荒漠中央扔去。木杖落地的地方，立时生根，结出大片葱郁的桃林，四季常青，果实不绝，为后世往来的人们遮阴解渴。

这就是传说中夸父逐日的故事，关于夸父究竟是怎么死的，说法有很多，这里讲的是《山海经》中记载的版本。

〔博闻馆〕

耳挂黄蛇的夸父

今天我们在各种关于上古传说的绘画作品中，常能看到夸父的两耳各悬挂一条粗壮的黄蛇。其实在我国民间关于人类早期生活的神话传说中，大多数故事都与蛇有着密切的关系。夸父耳挂黄蛇的形象，一方面昭示着夸父带领族人战胜猛兽的历史，另一方面也显示出蛇被视为整个部落的图腾，象征着夸父所领导的族人对勇敢、智慧的崇尚与膜拜。

据说夸父耳朵上挂着的大黄蛇原本是族人的克星，又大又凶恶。夸父眼看大蛇天天放肆地吞食族人，心中十分焦急，便悄悄找到黄蛇的洞穴，迅速用火点燃他提前准备好的一种特殊植物，让植物发出刺鼻的味道，然后将燃烧的植物丢进洞穴，再将洞口紧紧堵住。第二天，人们惊喜地发现，夸父把大黄蛇制服了，他双耳上挂的正是让大家日日担惊受怕的大黄蛇。

立志要填平大海的小鸟

炎帝有个可爱的小女儿，名叫女娃。炎帝一直把她当成掌上明珠，每天都会到女娃住的发鸠（jiū）山去看望她，疼她疼得不得了。

女娃一直有个心愿，想去东海边看看太阳升起的地方，总缠着炎帝带她去。可是炎帝实在太忙了，一直没时间。见指望不上父亲，女娃决定自己去。她瞒着炎帝，一个人驾着小船，往东海最深处驶去。看着波澜壮阔的大海，和从海面上冉冉升起的太阳，女娃激动得不住欢呼，她从来没有见过这么美丽的景色，实在是太迷人了。就在这时，海上突然刮起了狂风，一个又一个浪头打过来，小小的船根本顶不住这么大的风浪，女娃一下子被卷进了水中。她害怕极了，双手使劲扑腾着，撕心裂肺地喊："爹爹，爹爹，快来救我！"可是炎帝正在很远的地方呢，根本没听到女儿的呼救声。女娃就这么被大海淹死了，临死之前，她厉声地发誓说："无情的大海，你夺走了我的生命，我发誓一定要将你填平！"

女娃死后，她的灵魂化成了一只小鸟，身体长得像乌鸦，脑袋上的羽毛有漂亮的花纹，白白的小嘴，红红的小爪。小鸟整天发出"精卫、精卫"的悲鸣声。因此人们就把它叫作"精卫鸟"。

化身成一只小鸟后，精卫一刻也没有忘记自己临死之前的誓言：一定要将大海填平。它从女娃的家乡发鸠山上叼起小石子和树枝，一刻不停地飞到遥远的东海上空，悲鸣着把石子丢到大海里。看到小小精卫鸟这种举动，大海卷起一个又一个巨浪，轻蔑地嘲笑它："你这鸟儿，还没我的一个小浪花大呢，还想把我填平？哼，别在这里不自量力了！"精卫鸟在大海上英勇地盘旋着，一点也不害怕："残暴的大海，我只不过想去看看太阳升起的地方，你却狠心把我淹死了。而且，你一不高兴就掀起大风大浪，淹没房屋良田，害死那么多无辜的生命。我一定会为自己和他们报仇的。虽然我长的小，虽然每次只能叼一块小石子，但我会填一千年、一万年！我相信，总有一天会把你填平的。"

大海不再说话了，精卫鸟赶紧飞回发鸠山，叼起小石子，再飞回东海……日复一日，年复一年，不论刮风下雨，打雷闪电，它从来不休息。有一天，一只善良的海燕在海边遇见了精卫鸟，它被精卫鸟的执着深深打动了，和精卫鸟结成了夫妻。它们生了很多小鸟，雄的长得像海燕，雌的长得像精卫。所有的鸟儿都继承了母亲的精神，一刻不停地叼石填海。直到今天，你要是看见鸟儿叼着石头往大海里丢，那就是精卫和海燕的后代了。

这个故事也叫"精卫填海"，出自《山海经》。

〔博闻馆〕 〜〜〜〜〜〜〜〜〜〜〜〜

精卫精神长存人间

直到今天，我们还能看到很多纪念精卫鸟的风景名胜。精卫鸟的老家发鸠山，坐落在山西省长治市。山上有座寺庙叫灵湫（qiū）庙，据说就是炎帝为了纪念自己的女儿而建的。距离发鸠山十余里处还有一个湖，风景优美，人们为了纪念精卫鸟，将这个湖命名为"精卫湖"。

陶渊明有一组古诗《读〈山海经〉十三首》，其中第八首写道："精卫衔微木，将以填沧海。刑天舞干戚，猛志故常在。"（刑天舞干戚的故事后面会讲到），他把小小的精卫鸟与顶天立地的巨人刑天相提并论，可见对精卫那种顽强执着精神的钦佩与赞美。沧海固然大，而精卫鸟坚忍不拔的奋斗精神更为伟大，这正是我们民族精神的一种象征。

一口气射掉九个太阳的大英雄——后羿

传说天帝有十个太阳儿子轮流穿越天空，为大地带来光明和温暖。可是，不知从什么时候起，这种情况改变了。十只神鸟觉得自己每次单独出行，太孤单了。他们兄弟商量着要一起上天，并且说干就干。第二天早上，天上出现了十个太阳。神鸟们打打闹闹地在天上闲逛，十分开心。可是地上的人们却遭了殃。十个太阳就像十个大火球，一下子就把大地烤焦了。森林里着了火，动物们没有地方可以躲避。人们种的粮食很快都枯死了。大家都躲在屋里，不敢出门，即使这样，仍然有很多人被夺去了性命。百姓生活在水深火热之中。

这时有个年轻的英雄后羿，他的箭法十分厉害，百发百中。看着乡亲们一个个痛苦地死去，后羿决定射掉多余的九个太阳，拯救百姓。

他趟过九十九条大河，翻过九十九座高山，到了东海边。天上十只太阳神鸟对着他做鬼脸，嘲笑他不自量力。可是后羿一点也不退缩，拿起天神赐给他的万斤神弓，轻松地拉开了弓，搭上千斤重的利箭, 瞄准了一只太阳神鸟, 嗖地一声射出了箭, 一下子就射中了目标。中了箭的神鸟挣扎了两下就死了, 掉了下来。见到自己的兄弟死了, 剩下的九只太阳神鸟发出愤怒的鸣叫, 他们瞪大眼睛, 涨红了脸, 想把后羿给烤死。后羿全身都是汗, 发热的弓箭把他的手掌烫出了水疱。但是他绝不放弃, 拿起三支箭搭在弓上, 用力射出, 一口气又射中了三只太阳神

鸟。这下子其他太阳神鸟可慌了,你看我我看你,在天上乱窜,想逃回扶桑树去。后羿一支又一支地射箭,一连又射中了几只太阳神鸟。最后剩下的那只太阳神鸟恐慌地连连求饶。后羿心想,天上总还是要留下一个太阳的,于是放下弓箭回家去了。

　　后羿回到家乡,大家都很感谢他射掉九个太阳,为百姓除了害。这之后大地恢复了生机,气候变得温和,叶子开始泛绿了,小动物们也都跑出来寻找食物。天帝知道这件事后,并没有怪罪后羿,反而觉得是自己的儿子不守规矩,给人间带来了灾难。于是,天帝惩罚剩下的那只太阳神鸟每天出门,不得休息;还重赏了后羿,封他为天将,并让他和天下最美丽的姑娘嫦娥结为夫妻。

　　后羿射日的故事出自《淮南子》。

洛河边的美丽女神

大家都知道中国古代有四大美女——西施、貂蝉、王昭君和杨贵妃，可是在远古神话传说中，最美丽的女神又是谁？陕西洛河附近的人们会告诉你，是洛神。这洛神何许人也，怎么会成为最美丽的女神呢？

洛神还有个名字叫宓妃，她是伏羲氏的女儿，长得特别漂亮。宓妃本来在父亲身边过着无忧无虑的生活，可是她有一次路过洛河（在今天陕西省境内，是黄河的一条支流），看到洛河水细流涓涓，河边种的麦穗已经成熟，金灿灿一片，而河边住着的部族——有洛氏的人们更是勤劳善良，她一下子舍不得走了，就在洛河边住了下来。

宓妃教有洛氏织网捕鱼、造船划船，人们的生活有了很大改善。因为有宓妃的保佑，那年庄稼的收成也特别好。丰收的那天晚上，大家围着宓妃唱歌跳舞。宓妃拿出自己的七弦琴唱起歌来，她的歌声像是婉转的百灵鸟的鸣唱，连树叶都跟着起舞。而不远处黄河的河神河伯也听到了这歌声，他循着歌声游到洛河中，看到宓妃的身影，一下子被她的美貌吸引了。花心的河伯化身成小白龙，猛地在河里掀起一阵巨浪，把宓妃卷到了水里。

宓妃被带到了水底的深宫，面对暴虐的河伯，她每天都以泪洗面，只能偶尔弹弹七弦琴排解心中的忧伤。一次，琴声被后羿听到了，当时嫦娥已经吃了长生不老药飞走了，留下后羿孤孤单单一个人。他听到这琴声，就像是遇到了知音，便顺着琴声一路找来，见到了宓妃。见到这个射日的大英雄，宓妃觉得自己有救了，声泪俱下地向后羿痛诉自己的悲惨遭遇，恳求后羿救自己出去。后羿听了十分气愤，决心救出这个可怜的姑娘，他大闹了河伯的深宫，把宓妃带回了洛河。

外出的河伯回来后听到这消息，气得吹胡子瞪眼，他赶往洛河，想要抢回宓妃。面对追来的河伯，宓妃正气凛然地说："我是属于洛河的，原本就不属于你。后羿好不容易把我救出来，你还想抢我回去? 办不到!"河伯一下子被激怒了，化成小白龙在洛河中翻滚，掀起巨大的波浪，想淹没河边的村庄。这时后羿瞄准小白龙射出一箭，嗖地一下就射中了小白龙的左眼。

　　河伯知道自己不是后羿的对手，但又不甘心，就捂着眼睛去找天帝告状。其实早有天神向天帝报告了整件事情的经过，天帝也觉得河伯是罪有应得，不耐烦地打发他说："你要是规规矩矩地待在自己家里，谁会跑去射你？你兴风作浪、淹了房屋良田的事，我还没追究呢，你还是赶紧回去吧。"河伯自讨没趣，只好灰溜溜地回去了。从那以后，他老老实实地待在深宫里，再也不敢出来为非作歹了。

　　而宓妃和后羿就在洛河边上定居了下来，宓妃教人们捕鱼，后羿教人们射箭，两口子过着其乐融融的生活。当地百姓还在洛河边修了洛神庙，把宓妃称为"洛水边最美丽的女神"。

　　洛神的事迹在《太平广记》里有记载。

〔博闻馆〕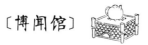

《洛神赋》的动人传说

　　洛河流域是中华文明的重要发源地之一，当地的人们对洛河有着深厚的感情，把它想象成一个美丽的女神——洛神。

　　三国时期的著名诗人曹植为洛神写了一篇流传千古的文章——《洛神赋》，而关于这篇文章，还留下了一个美丽的传说。

　　据说，曹植喜欢一个叫甄氏的姑娘，想娶她做妻子。但是，他的哥哥曹丕（pī）却抢先一步，把甄氏娶走了。甄氏婚后过得并不幸福，几年后就生病死了。曹植一直觉得很难过。一天，曹植去曹丕家吃饭，遇到甄氏的儿子，小侄子把母亲的一个枕头送给了他。可怜的曹植抱着这个枕头骑马回家，一路都在流眼泪。到了洛河岸边，曹植停下来休息，忽然看到从洛河里走出来一个姑娘，曹植被她的美貌惊呆了："难道这就是洛神吗？她那么好看……长得那么像甄氏。"曹植伸出手去想抓住她，就在这时，洛河里起了大雾，迷雾中洛神渐渐消失，只留下曹植一人。他猛醒过来才发现是一场梦。想起梦中的种种和自己的遭遇，曹植泪如雨下，挥笔写下了千古流传的《洛神赋》。

嫦娥月中寄真心

后羿射日的英雄事迹广传天下。一天，后羿到昆仑山访友求道，遇见了下凡的王母娘娘。王母娘娘对他赞赏有加，送给他一粒仙丹，告诉他："这是一颗不老仙丹，十分珍贵，服后可令人长生不老。"后羿谢过了王母娘娘，小心翼翼地将药丸藏在身上。

回到家后，后羿便将得到仙丹这件事告诉了妻子嫦娥，并将仙丹交给她保管。嫦娥听说了这仙丹的功效，心里暗自高兴，心想：我总担心自己老了后美貌与身材不能保持，如果我吃了这仙丹，就能永远美貌年轻，那后羿一辈子看到的都会是年轻漂亮的我了。

第二天，趁后羿出门狩猎之时，嫦娥悄悄拿出仙丹一口吞了下去，然后有些紧张地定定站着，不知道接下来会发生什么。突然，她觉得自己好像轻飘飘地离开了地面，低头一看，惊讶地发现自己竟然真的飞了起来，并且离地面越来越远，家很快就在视野中消失不见了。她禁不住大哭起来，害怕自己再也不能回到人间了，她不停地叫着后羿的名字，并极力寻找身边可以抓住的东西。

此时正在狩猎的后羿隐约听到了嫦娥的呼喊，他循着声音抬头望去，惊讶地发现妻子竟然正在向天空缓缓飞去。他狂奔着追了过去，可无论他怎么追都追不上，也够不着。

嫦娥就这样无助地望着后羿的身影越变越小，而她自己越飞越高，越飞越远……终于，她看到了月亮，赶忙用尽力气紧紧地抱住月亮上那棵高大的桂花树，让自己停止了飞翔。这时她望着周围冷清的一切，只有一座寂静的广寒宫和这棵高大的桂花树陪伴，想着从此再也见不到丈夫后羿，纵使拥有美貌与青春却失去了温暖与亲情，她又懊悔又悲伤，不禁泪如雨下。

她在月亮上大声呼唤后羿的名字，而此时悲痛不已的后羿也听到了妻子的呼唤，他听到嫦娥向自己诉说内心的懊悔与凄苦，更加伤心难过。抬头望向空中的月亮，明月又圆又亮，好像还能隐约看到嫦娥窈窕的身影。

王母娘娘听说了这件事，被两人的情深意切感动了，于是答应每到月圆之时，让后羿与嫦娥在桂花树下相会。据说还真有人在寂静之中能听到他们相会时窃窃私语的声音呢。

嫦娥奔月的故事在《淮南子》中有记载。

〔博闻馆〕

嫦娥奔月的另一种说法

民间关于嫦娥奔月的故事有很多说法，另一种同样广为流传的说法是这样的：当初后羿得到仙丹之后被狡猾的逢蒙得知，于是他趁后羿外出嫦娥一人在家时，强迫嫦娥交出仙丹。嫦娥迫于无奈，只好一口吞了仙丹，飘离了人间，但伤心欲绝的她为了不离丈夫太远，停留在离地球最近的月亮上的广寒宫里。后羿回到家中听说了这一切，愤怒地杀死了逢蒙，望着月亮悲痛不已。而嫦娥则催促吴刚砍伐桂树，让玉兔捣药，想尽快配成飞升之药，好早日回到人间与后羿团聚。民间"拜月"风俗的由来则源于百姓听说善良貌美的嫦娥已登月成仙，纷纷在月圆之时摆设香案，向嫦娥祈求吉祥平安。

龙伯钓大鳌

　　龙伯国是个地域广阔的国家，居住在这里的人个个都是身高臂长的巨人，他们站在地上一伸手，就能把高山顶上最粗壮的大树折断；无论多宽广的河流，只要一步就能跨过去；他们呼一口气就像刮起一阵大风，一跑起来连大地都要震动。所以龙伯国的人们都很骄傲，什么都不在乎。

　　在距离龙伯国很远的地方，有一片无边无际的大海，海中漂浮着五座仙山，那可是神仙居住的地方。仙山上面什么都有，房屋是用黄金和美玉建造成的，闪耀着夺目的光芒，动物都长着一身纯白色的皮毛，洁白得就像雪一样。山上到处都可以看到结满珍珠的神树，还有数不尽的奇花异草，人们随便吃哪一种都能长生不老。别看仙山这么好，可仙人们一直有个很大的烦恼，那就是仙山是漂浮在海上的，一点儿都不安稳，每当起了大风大浪，山就容易被掀翻过去。后来仙人们一起上了天宫，把这事报告给天帝，向天帝寻求帮助。

　　天帝也不希望这五座仙山随波漂走或是被浪掀翻，他命令海神禺（yú）强找来十五只大鳌（áo），让它们在水下背起仙山，这样山就不会轻易晃动了。大鳌长得很像海龟，不过却巨大无比，据说当初女娲补天的时候，就把一只大鳌的四条腿做成天柱，牢牢地撑住了要塌下来的天，所以用大鳌来背仙山是再稳固不过了。天帝把这十五只大鳌分成三拨，让它们轮流背山，每隔六万年换一次，并嘱咐仙人们一定不要忘记给大鳌喂食物。仙山不晃了，仙人们的日子过得更逍遥了，成天聚在一起饮酒下棋，结果时间一长，就把天帝的话抛到了脑后，忘记了按时给大鳌喂食。

龙伯国有个叫龙伯的巨人，他的个子比其他人要高出许多，人们都说如果他尽力向上跳，没准能把天上的月亮抓在手里。一天龙伯听说在深海中有种大海龟，用它们的龟壳来算命，准确无比。于是他拿起长长的钓竿，装了好多像小山一样的肉块，几步走到海边，一屁股坐下就开始钓龟。挂着肉块的鱼钩被龙伯使劲一甩，甩出了老远，正好落在了背仙山的大鳌面前。大鳌有好几万年都没吃到东西了，早就饿得受不了了，一口就咬住了肉块，结果被龙伯钓上了岸。不一会儿的工夫，龙伯又钓上了四只大鳌，他把这些大鳌全都带回了家。可他并不知道，就在他把背山的大鳌钓走的时候，有两座仙山一下子就沉入了水中，上面的仙人们事先毫无防备，好多仙人掉进了水里。

　　这下子仙人们可不干了，他们去找天帝评理。天帝仔细想了想说："仙山沉入水中，虽然是因为龙伯钓走了大鳌，但如果你们不懒惰，按时给它们喂食的话，也不会发生这件事。这样吧，你们另外找地方居住，我会给这个自大的龙伯一些惩罚。"仙人们知道自己也有不对的地方，只好同意了天帝的决定。

天帝对龙伯国的人们做出的惩罚是，让他们的国土越变越少，相应地让龙伯人的身体也变得越来越矮小。可即使这样，据说到了神农的时代，有人到了龙伯国，发现这些人的身体还有好几十丈那么高大呢。

龙伯钓鳌的故事出自《列子·汤问》。

〔博闻馆〕  ～～～～～～～～～～～～～～～

海外仙山的传说

古代传说中最著名的仙山就属蓬莱、方丈、瀛（yíng）洲这三座了，此外在《海内十洲记》中详细介绍的祖洲、元洲、长洲等十座仙岛，也极富盛名。早在战国时期，齐国、燕国的国君就曾派人出海寻仙，后来秦始皇也曾经命徐福出海找不死药。据说在瀛洲仙岛上，就有无数的仙草、千丈高的美玉，还有味道像酒一样的泉水，甘甜可口，喝上一点就会醉倒，不过却能令人长生不老。炎洲仙岛中有一种神兽，用它的皮毛做成的衣服，脏了以后不用水洗，而是用火就可以烤干净。流洲仙岛上盛产神奇的金属，用它打造的剑，剑身上仿佛有水流动，砍玉石就如同砍泥块一样。当然，所有仙山仙岛中最著名的当属蓬莱，据说山上的神仙飞来飞去，多得数都数不清，蓬莱也因此被誉为"人间仙境"。

太阳车

在众多流传千古的神话故事中，有这么一则传说：太阳每天规律地早升晚落，是因为有人驾着一辆太阳车驶过天空。那么，这个驾太阳车的人是谁呢？

原来，天帝有个妻子叫羲（xī）和，她为天帝生育了十个儿子，这十个孩子很特殊——他们是十只神鸟，浑身滚烫，能散发出温暖的金色光芒，如果他们把身子蜷起来，就像是一个个大火球。天帝为他们取了同样的名字，叫作太阳。

因为太阳兄弟们能给世界带来光明与温暖，天帝便让他们轮流到天上值班，为人间造福。为了保证每个儿子作息规律、不会偷懒，天帝又让他们的母亲羲和每天陪着儿子一起出门。

太阳兄弟们与母亲羲和一同住在东方大海的扶桑树上，羲和特地让巧匠为自己制作了一辆华丽的篷车，让儿子坐在车上，并亲自为儿子驾车。每当羲和刚刚在车上坐稳，太阳神鸟便立即让自己闪耀出金黄而温暖的光芒。羲和对儿子们说：

"你们的光芒真漂亮，把这车都照成了金黄色，就叫它'太阳车'吧。我想让你们每天轮流坐着'太阳车'，沿着东海去往西边，给沿途的人们送去温暖和光明，然后到达世界最西端的甘泉，在那里用最清澈而甜美的泉水洗澡。"十个儿子听后非常开心，自觉地排好序列，约定每人每天坐太阳车的次序。

羲和每天驾车带着一个太阳儿子，从东海出发，向西方缓慢地飞行。一路上，他们总会看到凡间的人们随着他们行驶的轨迹有规律地过着日子：车子刚出东海时，人们拿起劳动工具相约着一起出门劳作；车行驶到路程中央时，人们开始陆陆续续地向自家走去，路上还凑在一起交流各自劳动的收获；而车子快到甘泉时，家家户户的灶头都冒出了袅（niǎo）袅炊烟，太阳神鸟甚至闻到了饭食的香味，有时还忍不住探出头去看看；再晚些时候，车子驶进甘泉林中，太阳神鸟回头再看凡间，常会看到一些母亲正借着夕阳微弱的光芒为儿女们缝补衣裳……

太阳神鸟坐车飞行了一天，终于来到甘泉旁，开心地把自己浑身洗得干干净净，再惬意地伸个懒腰，收起自己全身的光芒，懒洋洋地和凡间的人们一起进入甜美的梦乡。

后来羲和发现凡间的人们都以自己驾车的轨迹安排一日的作息，于是她更加严格地要求每个太阳神鸟按时出发，同时用心总结每次神鸟坐车行走的规律，并把它们流传到凡间，让人们学会了计算时间的方法。所以羲和也常被人们看作是测定时间、制定历法的人。

“羲和驾日”的传说在《山海经》中有记载。

〔博闻馆〕～～～～～～～～～～～～～～～～～～～

常仪占月

《山海经》里还有一个"常仪占月"的故事，与"羲和驾日"形成呼应：天帝的另一个妻子常仪生了十二个女儿，都取名为月亮，她们晚上轮流出来巡夜，于是一年内月亮便有了十二次的圆缺。后来，人们又根据月的圆缺规律学会了用子、丑、寅、卯等十二个地支来命名各月，还学会了根据月相占卜等。所以民间常将羲和当作日神，常仪当作月神，认为她们共同掌管着天地阴阳历法。

奇相偷宝珠

据说黄帝有一颗价值连城的黑色宝珠，叫作玄珠。这颗珠子又大又圆，上面流动着夺目的光华，还仿佛蒙着一层似有若无的雾气，真是漂亮极了。黄帝非常珍爱这颗宝珠，每天把它佩在身上，无论到哪里都不取下来。

有一天，黄帝带着臣子们到赤水这个地方出游，回到宫中却发现自己心爱的玄珠不见了。黄帝在屋子里急得团团转，想来想去，玄珠一定是落在赤水附近了，于是他吩咐一个叫知的臣子去找。知是个聪明绝顶的智者，黄帝相信他一定能把玄珠找回来。黄帝在宫中焦急地等待，过了一天，知回来了，却没有找到玄珠。黄帝很懊恼，先后又派出了离朱和契诟（qìgòu）去寻找。离朱视力很好，远在百步外的小蚂蚁都能看得一清二楚；而契诟能言善辩，智慧超群，可是这两个人也垂头丧气地回来了。看来玄珠是找不到了，黄帝很着急，这时候有个叫象罔（wǎng）的臣子自告奋勇去寻找，黄帝觉得他是个糊涂人，可是也没别的办法了，只好让他去试一试了。还没过半天，象罔就高兴地跑了回来，手中捧着的正是玄珠。黄帝一看，喜笑颜开，叹道："没想到象罔居然能找到玄珠，真是奇怪啊。"于是赏赐给他许多东西，还把玄珠交给他保管。

过了几天，象罔忽然哭丧着脸向黄帝报告：玄珠丢了！黄帝大惊，忙问他是怎么丢的，象罔一着急就口吃了，断断续续费

了好大劲才把事情说清楚。原来，象罔那天找到玄珠从赤水回来的时候，半路上遇到了一个少女，她是震蒙氏最宠爱的女儿奇相。象罔看她漂亮可爱，就与她说起话来，说着说着就把玄珠拿给她看，奇相从没见过这么好看的珠子，捧在手里迟迟舍不得还给象罔。于是象罔就把奇相带了回来，让她每天都能看到玄珠。结果昨天象罔喝醉了酒，等他醒来时，玄珠就不见了，而奇相也没了踪影。黄帝一听，对惭愧的象罔说："一定是奇相太喜欢玄珠，把它偷走了，你快带士兵把宝贝追回来吧。"

奇相偷了宝珠在前面跑，象罔就在后面拼命地追，追着追着，就来到了一条大江的面前。这条大江十分宽阔，波涛汹涌，奇相心想这回可糟了，转头一看象罔已经追了上来。奇相平时被父亲给宠坏了，想要的东西从来就没有得不到的，这回偷了玄珠，就要被人捉住，心里十分羞愧，想来想去，心一横脚一跺就跳进了江里。象罔一看，不禁大喊："奇相姑娘，你把玄珠还给我就行了，不要跳江。"可是已经晚了，一个大浪打来，奇相就不见了踪影。

过了一阵子，住在大江附近的人们发现一个马头龙身的怪兽，头上顶着一颗黑色的珠子，从水中缓缓浮出。这个怪兽就是奇相变化而成的，她跳入水中后就成了这条江的水神了。后来奇相想把玄珠还给象罔，可是却没有办法离开水面，于是她把玄珠放在了它曾经遗失的地方——赤水。玄珠在赤水的岸上化成了一棵三珠树，远远看去很像柏树，不过树上的叶子却是一颗颗圆润晶莹的珍珠。阳光下珠子闪烁着动人的光芒，也许那是奇相在向象罔和黄帝道歉吧。

　　这个故事在《山海经》和《蜀典》中有记载。

以乳作眼的刑天

炎帝被黄帝率军击败的消息传遍了天下，作为炎帝的心腹爱将，刑天本想立刻去讨伐黄帝，可是炎帝派人给他传来了口信，对他说黄帝是个好首领，百姓在他的治理下安居乐业，劝告刑天不要作乱。可没过多久，蚩尤在涿鹿战败被黄帝杀害的消息又传来，刑天知道后勃然大怒，蚩尤可是他情同手足的好兄弟，他们都是炎帝最宠爱的大将，没想到黄帝竟然这么狠毒。他想为蚩尤报仇，但是炎帝的话他又不能不听，况且他也不想让天下战火四起，思来想去，刑天决定与黄帝来一场一对一的决斗。

刑天的战书送到了黄帝手中，黄帝对大臣们说："你们给我出出主意，要不要和刑天决斗呢？"大臣们议论纷纷，有的说刑天实在太英勇，还是避而不战吧；有的说不如派一支大军直接将刑天捉住；还有的人建议用炎帝来威胁刑天，让他不敢来决斗。黄帝听后，笑了笑说："一个仁德的首领怎么能做这样的事情呢，我决定正大光明地和刑天决战，地点就定在常羊山吧。"

到了决斗这天，刑天和黄帝都准时来到了常羊山。黄帝看到刑天一手拿着绘有花纹的大盾牌，另一只手持着一柄锋利的巨斧，威风凛凛地站在山上，心中不由得暗暗佩服：真是一个英勇的好汉。而刑天看到黄帝身穿黄袍，手持一把亮闪闪的宝剑，心想：没想到这黄帝不仅仁爱有德，还这么有英雄气概。二人都对彼此产生了敬佩之情，但为了取得胜利，都拼尽了全力决斗。刑天的力气很大，抡起大斧向黄帝砍去，每一斧都带起了呼呼的风声，砍到坚硬的岩石上时火星直冒。而黄帝虽然力气并不大，但是他十分灵活，躲来躲去，没有被刑天碰到一下。黄帝也在寻找对方的弱点，不过刑天有盾牌保护，黄帝拿他没办法。

就这样昏天暗地地不知打了多长时间，两人还是没能分出胜负。黄帝和刑天越打越着急，两个人累得呼呼直喘粗气，挥舞兵器的手也慢了下来，他们的体力都消耗得差不多了。就在这时候，忽然刮来了一阵大风，刑天一不小心迷住了眼睛，黄帝趁势奋力一剑砍来，刑天的头就掉到了地上。黄帝杀死了刑天，却一点儿也不开心，毕竟不是凭自己的真正实力取得的胜利。就这样杀死了英武的刑天，他感到有些后悔。黄帝看了看刑天的尸体，长叹了一声，转身就要离开。没想到这时刑天的尸体竟然爬了起来，他没有了头颅，两个乳头就化作一双愤怒的眼睛，而肚脐则变成了一张嘴，发出一声声怒吼。他的双手仍然拿着盾牌和大斧，两只眼睛瞪得圆圆的，呼喊着要与黄帝继续战斗。黄帝不禁又惊又怕，他从来没有见过死去仍不服输的战士，他被刑天百折不挠的精神感动了，同时也不敢再和这样的对手作战，匆匆忙忙地跑掉了。

在这场惨烈的决斗中，虽然最后刑天战死了，但却取得了精神上的胜利，还赢得了对手的尊敬。据说很久以后，刑天还在常羊山上挥舞着巨斧，要和黄帝公平地再战一场呢。

在《山海经》中记载着黄帝和刑天战斗的故事。

后稷带来大丰收

天空刚下过雨，空气特别清新，花儿草儿上都挂着雨珠，显得生机勃勃。姜嫄（yuán）心想，春天终于来了。她走在绿油油的草地上，心情十分舒畅。她是炎帝的后代有邰（tái）氏的爱女，也是如今天下的首领帝喾（kù）的妃子，今天独自来到这野外散散心。就这么走着走着，她忽然看到前面地上有一个大大的脚印。我还从没见过这么大的脚印呢，姜嫄心想，这脚印是巨人留下的吧，也可能是哪个神仙留下的？她好奇地凑过去，把脚踩到那脚印的上边，想比一比自己的脚和这大脚差了多少。忽然她感觉肚子一阵疼痛，紧接着天旋地转，就失去了知觉。

不知过了多久，当她醒来时发现周围都是人，身旁还多了一个婴儿。原来由于她出宫太久，帝喾派人来找她，而身边这个婴儿正是她所生。周围的人都劝她把这个孩子丢弃掉。姜嫄觉得这件事莫名其妙，就糊里糊涂地听从了下人们的劝告，并让他们把孩子扔在路上。结果路上奔走的牛马都避开了孩子，一点都没伤着他；后来下人们又把孩子扔到结了冰的河里，结果飞来好多只鸟，用羽毛盖住这个孩子帮他取暖。姜嫄听到了下人们的报告，心想这一定是神在保佑这个孩子啊，于是再也没有丢弃这个孩子的念头了，把他抱回家精心抚养，给他取名叫"弃"。

弃从小就爱好种植树木和大麻、大豆等农作物，有时候他在田地里蹲着观察大豆的生长，一蹲就是一整天。姜嫄告诉他要和别的小孩子一起玩，不要总是一个人去种植物，弄得满身都是泥。别的小孩子也来找他玩，可是他每天还是观察植物，心里想的还是怎样种植，用什么肥料最好，什么样的土壤更适合大豆生长这些问题。姜嫄觉得这个孩子太奇怪了，小孩子不是都喜欢玩耍吗，怎么偏偏他只对农业感兴趣呢？弃不仅每天认真观察，还把种植的经验都详细地记录下来，经常皱着小小的眉头专心研究。结果他种出来的大豆，每一粒都又大又饱满，周围的人看了都很惊讶，纷纷来向他学习种庄稼的技巧。

弃渐渐长大成人了，他会种植的农作物更多了，掌握的经验和技巧也越来越丰富。无论大麦、小麦、大豆、水稻，没有弃种不好的。跟着他一起种庄稼的人们，每年都会获得大丰收。弃的名声越来越大，从乡里到全国，没有不知道这个擅长种植的年轻人的，最后他的名字传到了帝尧的耳朵中，帝尧赞叹道："神农发现了五谷，而弃继承了他，让五谷的收成越来越好，这也是很大的功劳啊！"于是封弃做了农师，让他掌管农业。帝舜即位后，又把邰这块地方分封给他，还赐他一个称号"后稷（jì）"，"稷"是粮食的意思，而"后"则是一个尊敬的称号。此后，神州大地上的百姓在后稷的指导下，种植技术都有了很大进步，收成越来越好。

秋风吹过，空气中弥漫着农作物成熟的芳香。又是一个丰收年，姜嫄眼含笑意地看着庄稼，她很庆幸当初没有把后稷丢弃，要是没有这个孩子，人们怎能过上这么好的生活呢？

后稷的子孙中出现了很多杰出的人，他们创立了周王朝，后稷也就成为了周人的始祖，一直受到华夏子孙的尊敬。

这个故事又叫"后稷种五谷"，在《史记》和《诗经》中都有所记载。

〔博闻馆〕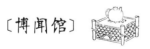

五谷都有哪些？

从古至今，关于五谷有多种不同的说法，其中最主要的有两种：一是稻、黍（shǔ）、稷、麦、菽（shū），二是麻、黍、稷、麦、菽。稻就是指水稻，水稻收割脱粒去壳之后得到大米；麻是一种草本植物，虽然也可以食用，但主要还是用它的纤维来做衣服，所以在第一种说法里并没有把它列入五谷。那为什么在第二种说法中没有水稻呢？有的人认为可能因为水稻是南方的作物，而当时人们主要生活在黄河一带，北方人并不知道有水稻这种作物，所以第二种说法就没有把水稻算进去。除了这两种农作物之外，黍就是黄米，比小米稍微大一些，煮熟了以后黏黏的，口感很好；稷就是谷子，谷子去了壳，就是小米了；麦就是小麦；菽就是豆类。五谷的发现和种植，是我们祖先千百年农业劳作的成果，这些成果泽被后人，影响深远。

神犬娶公主

帝喾(kù)高辛氏辅佐颛顼帝将国家治理得井井有条,颛顼去世以后,帝喾就继承了他的帝位。自从颛顼命手下创作出《承云》曲之后,万民归心,诸侯们都不敢造反,可他去世以后却出现了叛兵四起的局面,其中最让帝喾头痛的就是犬戎国。

犬戎人一个个都长得高大强壮,打起仗来野蛮凶猛。中原的诸侯们都不是犬戎的对手,就连帝喾的军队也被他们打得节节败退。犬戎人中有个首领叫吴将军,他不仅武功高强,作战英勇,而且还很有谋略,是个打仗的好手。帝喾原本以为犬戎人都缺少智谋,设下伏兵想把他们一网打尽,没想到被这个吴将军给识破了,反过来诱使帝喾的军队进入犬戎军队的圈套,差一点让他们全军覆没。此后,帝喾对犬戎又恨又怕,却毫无办法。终于有一天,他下定决心,对群臣宣布:"你们谁要是能够取得吴将军的人头,我就把小女儿嫁给他。"帝喾的小女儿十分美丽,比春天的百花还要迷人。很多大臣向她求婚都被拒绝了，他们听到这个消息，都期盼着能够娶到公主，可是谁也没有把握战胜吴将军。

帝喾养了一条狗，这只狗是天上的神犬，名字叫盘瓠（hù），它有五种颜色的毛发，比人还要聪明许多。帝喾宣布嫁女的条件时，盘瓠就在他的身边，盘瓠心里也很想娶帝喾的小公主，因为在宫里的所有人中，小公主最善良最温柔，对盘瓠也最好。盘瓠思来想去，最后决定到犬戎的军营中去试一试。

犬戎人很崇拜狗，当他们看到闯入军营中的五色神犬盘瓠时，又惊又喜，把它抓住献给了首领吴将军。吴将军得到了盘瓠，笑得合不拢嘴，他认为这是一个好兆头，摆下宴席邀请军士们一起庆祝。到了晚上，吴将军醉倒在大帐中，盘瓠见机会来了，趁人不备扑了上去，只一口就把他的头给咬了下来。军中顿时大乱，盘瓠趁着天黑，赶紧逃走，连夜跑回了帝喾的军营中。

第二天，帝喾发现犬戎的军队已经撤走了，心里正奇怪，只见盘瓠叼着吴将军的头跑上殿来。帝喾大喜过望，要封给盘瓠领地，赏它钱财宝物。盘瓠摇了摇头，忽然说起了人话："我什么都不要，只希望陛下遵守诺言，把小公主嫁给我。"其实帝喾并没有忘记自己的承诺，只是他不愿意把自己的女儿嫁给一只狗。盘瓠看见帝喾很为难，又对他说："请陛下把我关在一个瓮里，我在里面修炼七天七夜，就能变化成人。"这时小公主也劝父亲不能言而无信，帝喾只好勉强答应了。于是盘瓠就在瓮中修炼，到了第六天的时候，小公主怕它饿死，就把瓮打开了。盘瓠这时候只把身子变成了人，头却还是狗头，可是再也没有办法继续修炼下去。帝喾虽然心中很不情愿，但是毕竟盘瓠立下了大功,也有了人的体形,还是把女儿嫁给了他。

盘瓠不愿在朝中为官,又害怕帝喾反悔,就带着小公主住进了深山里,并在那里成了婚。后来,他们生下了六男六女十二个孩子,每个孩子都非常优秀。据说后来的苗族、瑶族、畲(shé)族等少数民族都是他们的后代,直到现在,这些民族还常常祭拜神犬盘瓠呢。

神犬盘瓠的故事在《山海经》和《后汉书》中有记载。

鲧治水盗息壤

尧帝成为天下的君主后，把国家治理得越来越好。人们耕田织布，生活得十分幸福。可不知道从什么时候开始，天上忽然哗啦啦地下起大雨来，一直持续了好长时间都没有停止。雨水落到河里，河中的水就越涨越高，最后一下子全都涌上岸来，变成了一场从未有过的大洪水。洪水冲到哪里，哪里就变成一片汪洋，庄稼房屋统统被冲毁了。人们有的被困在树上，有的逃上山顶，还有的在洪水中又冷又饿地挣扎，真是苦不堪言。安定的生活就这样被突如其来的洪水破坏了，尧帝看在眼里，急在心上。

这可怎么办？尧帝在宫中走来走去，他也曾派人去把衣服粮食分给受难的百姓，还建造房屋来收留无家可归的人们，但受灾的地区实在太广大了，灾民的数量也太多了，这些行动都起不了多大作用。尧帝想，必须派个能干的人去治理洪水，可是却一时想不起谁能担当这个重任。这时，几个大臣向他推荐了一个人——鲧（gǔn）。

　　要说鲧可是名门之后，他是黄帝的后代，颛顼帝的儿子，朝中的人对他无不敬爱有加。不过尧帝从没听说过他有治水的本领，见大臣们推荐他，不禁有些迟疑，他把鲧叫来问："我打算派你去治水，你觉得你能行吗？"鲧有些吃惊，对尧帝说："我虽然懂得一些治水的方法，但这次的洪水太凶猛了，我也没有太大把握。"但此时除了鲧再没有人可用了，尧帝只好先让他试一试。

　　鲧来到受灾的地方，看到天空中乌云密布，放眼望去早就没有了人烟，只有洪水卷着浪花在肆虐。他想了想，对手下的人说："治理这么大的洪水，我看也没有别的办法，你们就去挖山，用挖出来的土和石块把洪水堵住吧。"可这种方法并不奏效，一连治理了九年，洪水不仅没有堵住，反而变得更严重了。这时舜已经继承了尧帝的帝位，舜帝看鲧治水不力，非常生气，就要责罚他。鲧长叹一声，对舜帝说道："如今没有别的办法了，我决定到天上去盗取息壤。"

　　息壤是一种神土，这个宝贝能自己生长，永不耗减，只要一小块转眼间就能生长成一座大山。鲧心想：如果能够得到息壤，那洪水不就一下子给堵住了吗？他知道那是天帝心爱的宝贝，如果被发现的话，自己也许连命都没有了。可为了治理洪水，鲧也顾不得自己的安危，他骑上神鸟进入天宫，趁着天帝疏忽，偷来了息壤。这息壤果然神奇，鲧抓起一点神土随意一洒，洪水就被堵住了。眼看着治水就要成功了，息壤被偷的事情却被天帝发现了，天帝见自己的宝贝被用去那么多，恨得咬牙切齿，派天神祝融来杀鲧。

　　祝融本来很敬重鲧的所作所为，但是他不敢违抗天帝的命令，狠下心来在羽山脚下将鲧杀害了。鲧临死的时候毫无畏惧，他盗取息壤的时候就知道有这么一天，他心里只是遗憾自己还没将洪水治好，他这一死，百姓又要遭受水灾的祸害了。

鲧为了百姓不惜冒生命危险盗取息壤治水，虽然最后被天帝杀死了，但百姓永远记住了他那种执着的信念和可贵的勇气。

这个故事在《山海经》和《史记·夏本纪》中都有记载。

大禹治水

鲧因为盗息壤而被天帝派人杀死在羽山脚下，但是治水的大业没有完成，鲧死后也不甘心，尸体过了三年都没有腐烂。有一天，只听到一声巨响，鲧的肚子忽然裂开了，一个虎头虎脑的小孩从里面探出头来，这就是大禹。大禹生来就聪慧过人，他继承了父亲未完成的遗愿，用心研究治理水患的办法。

舜帝听说鲧被杀死的消息后，内心非常悲痛，这不仅因为鲧是他最得力的大臣之一，而且眼看着水患就要平定了，鲧这一死，洪水就又开始祸害百姓了。舜帝的头发都愁白了，这一天，他听说鲧的儿子大禹立志要制服洪水，赶忙召见了他，让他带领大家治水。

一开始大禹采用父亲的方法来治水，那就是用土和石头来填堵河水，可是他忘记了父亲用来堵水的是天帝的宝物息壤，而他没有息壤又如何能堵住水呢？结果这个办法并没有取得成功。大禹是个懂得变通的人，心想填堵的方法不行，那就用疏导的办法吧，只要打通河道，把洪水引入河道中，这样不仅能够制服洪水，还能用水来浇灌庄稼呢。

　　这个办法取得了不错的效果，大禹把洪水都引到了龙门山这个地方。龙门山又高又险，浩浩荡荡的洪水一下一下地拍打着山石，浪花激起老高，可就是流不过去。如果洪水倒灌回来，那么所有的努力就都白费了。大禹带领着手下不顾劳苦，费了好几年的时间终于把龙门山打开了一个口子，洪水哗地一下就从山口中冲过去了。大禹把水引过龙门山后，一个人在山林中

转了转，忽然发现一个幽深的山洞，大禹很好奇，举着火把钻了进去。这个山洞非常深，他在里面深一脚浅一脚地走着，不知过了多长时间，忽然觉得眼前一片光明。他看到了一个长着人头蛇身的神，这个神仙送给大禹一个玉简。这个玉简是个神奇的宝贝，后来大禹用这玉简来丈量河道，一点差错都没有出过。

此外，在大禹治水的过程中，还得到了不少神仙的帮助，比如河伯给他送来了一幅河图，上面清楚地画出了天下所有的大江大河。还有曾经帮助黄帝击败蚩尤的应龙也来帮忙，它运用自己能吸水喷水的本领，让洪水乖乖地归入河道。

大禹在治水的过程中一次也没回过家，因为他害怕自己治水的坚定决心会被家人动摇，所以曾经三次路过自己家，却都狠下心来没有进门。整整十三年时间过去了，大禹终于完成了父亲的遗愿，彻底平息了水患，而他腿上的汗毛和脚上的指甲都因为长期浸泡在水中而被水泡掉了。洪水治理好那一天，普天下的人们都欢呼雀跃，这多亏了聪明又勤劳的大禹啊。后来大禹顺理成章地继承了舜帝的帝位，成为一位圣明仁爱的君主。

大禹治水的故事在《山海经》和《史记·夏本纪》中有所记载。

〔博闻馆〕 ～～～～～～～～～～～～～～～

治水奇人——王景

大禹治水的故事被人们传颂了千百年，后来到了东汉时期，洪水又一次四处泛滥，这时站出来治理水灾的人是王景，他被人们称作治水奇人。王景很小的时候就开始学习《周易》，此外还博览群书，尤其精通天文数术之道，在当时名气很大。后来他被人推荐给了汉明帝，汉明帝正好要疏通一条河道，但因为对王景还不了解，于是让他给别人做副手。在这次修理河道的过程中，王景的治水才能得到了充分体现。后来汉明帝召见王景，问他治水的方法。王景讲得头头是道，汉明帝一听大为赞赏，赐给他《山海经》《河渠书》等治水专著，并命他主管治理黄河和汴（biàn）渠。王景亲自考察地形，先把黄河的大坝修得稳稳的，接着又对汴渠采用疏通、加固的手段。黄河和汴渠是相连的，汴渠一修好，黄河自然也就没什么可担忧的了。此后八百年中居然再也没有出现过水灾，王景真不愧是个治水的奇人。

雷震子下山救父

　　这一天，一队人马急匆匆地在山林中赶路，为首的是位慈祥的老者，他就是大名鼎鼎的西伯侯姬昌。当时正值商朝末年，国君纣（zhòu）王昏庸无道，有小人向他告密说姬昌要造反，于是纣王就命令姬昌前来见他。姬昌虽然知道此去凶多吉少，但是却不敢违抗，只好奉命前去拜见纣王。一行人走到燕山这个地方，天空中忽然下起一场大雨，众人只好钻进旁边的树林躲雨。大雨如注，雷声阵阵，姬昌忽然听到不远处有孩子的啼哭声，连忙命令手下人把孩子抱来。这是一个弃婴，姬昌看这婴儿粉白可爱，又可怜他无家可归，将他收作义子。姬昌心想，我此番去见纣王，还不知道能不能回来，不如先把他送到别人家养大。正在这时，一个仙风道骨的道士迎面走来，给孩子取名叫雷震子，还要收他为徒，姬昌觉得这个道士和孩子有缘，就把孩子交给他了。

　　这道士可是个有名的神仙，名叫云中子，他觉得雷震子是个不一般的孩子，把他带回山上，耐心教他武功和法术。雷震子果然很聪明，什么本领一学就会，他和师父就这样在山上生活了许多年。一天，云中子将雷震子叫到跟前，对他说："你的父亲是西伯侯姬昌，他现在遇到了困难，你快下山去救他吧。"雷震子挠了挠头，说："可是我什么趁手的兵器也没有啊。"云中子微微一笑："你去后山找一件兵器吧。"

　　雷震子来到后山，满眼都是苍松翠柏、奇花异草，还有许多动物在嬉闹，可是左找右找也没发现什么好的兵器。找了半

天，雷震子的肚子都饿了，忽然一股香气飘了过来，他顺着香气寻去，发现一棵杏树，在那碧绿的叶子下面，有两颗又红又大的杏子。雷震子把那两颗杏子摘了下来，两口就吃掉了。吃完后正打算再去找兵器，没想到背后一阵发痒，居然长出了两只翅膀。而且，他的身子猛地变得高大起来，脸变蓝了，头发变红了，两颗牙齿也长到了嘴外。雷震子吓坏了，赶紧去找师父，云中子看到后哈哈大笑："我让你找的东西就是这双翅膀啊，再给你一条黄金棍，快去救你的父亲吧。"

雷震子下山以后，正好撞见了父亲姬昌，姬昌看到他这模样吓了一跳，过了半天才和他相认。这时候，后面忽然赶上来一大队兵将要捉拿姬昌。原来纣王听信了小人的话要杀姬昌，派这些追兵前来捉拿他。雷震子一听，火冒三丈，他让父亲先骑上马向前逃，他一个人留下阻拦追兵。那些追兵呼喊着赶了上来，众人一看到雷震子的模样，心里害怕起来。雷震子将翅膀一振飞到了天上，奋起神威，一棍子就把大山打落了半边。他那惊雷一样的声音从天上传来："你们有谁的头比这大山还结实吗？"那些追兵早就被吓傻了，谁也不敢再追了，连滚带爬地逃走了。

雷震子将父亲平安地送回了家，后来他就留在了父亲身边，帮助父亲对抗昏庸残暴的纣王。雷震子凭借着过人的本领，终于帮助哥哥武王姬发推翻了纣王的统治，建立起一个新的王朝——周。

雷震子救父的故事记载在《封神演义》中。

〔博闻馆〕 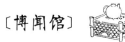 〰〰〰〰〰〰〰〰〰〰〰〰〰〰〰〰〰

《封神演义》是本怎样的书？

《封神演义》是明朝时期的一部神魔小说，主要写的是商朝末年武王讨伐纣王的故事。在这场大战中，阐教、截教两个教派的仙人分别帮助一方，双方斗智斗勇，最后以武王取得胜利并建立周朝而告终。雷震子下山救父的故事就出自《封神演义》，此外，人们熟知的姜太公钓鱼、哪吒闹海等经典故事，在这本书里也有描述。这本书中最吸引人的就是各种各样的仙人和法宝了，帮助周武王的这一方是阐教，教主是骑青牛的老子和元始天尊，手下还有十二大弟子昆仑十二仙，每位仙人都本领高强。他们的徒弟也很了不起，都是大元帅姜子牙手下的大将。比如太乙真人的徒弟哪吒,手拿乾坤圈,身披混天绫,威风八面。还有三只眼的二郎神杨戬(jiǎn)、背生翅膀的雷震子等,在他们的帮助下,武王的军队节节胜利。虽然商朝也有很多能人帮助,还摆下了诛仙阵,给西周的军队带来不少麻烦。但毕竟邪不压正,这些困难都被周军一一克服了。最后,武王推翻纣王建立起周朝,还分封了八百诸侯。而姜子牙呢,则代表着胜利的一方阐教,按照封神榜把在战争中牺牲的人和仙都封作了神。

周穆王瑶池会王母

　　浩浩荡荡的车马扬起了一阵阵尘土，八匹骏马拉着一辆豪华的大车向前行进，这是周穆王西征的军队。穆王是个胸怀大志的人，他继承王位后率领大军东征西讨，四周的国家都纷纷臣服，整个国家的疆域比从前不知道广阔了多少倍。穆王安定了天下，心中十分满意，于是率领臣下四处游历，他想效仿黄帝，让自己的足迹踏遍国家的每一个地方。

　　周穆王的队伍一直向西行进，一路上经过不少有趣的国家，民风和中原地区大不相同，众人都长了不少见识，感慨这天下实在太大了。后来越向西走就越荒凉，渐渐地都看不到人烟了，大臣们心中有些害怕，劝穆王说："大王，再往西走的话也许什么都没有了，我们不如回去吧。"穆王摇了摇头说："难道你们不知道在昆仑山上有神仙居住吗？我们既然已经走到这儿了，不如再往西走走去拜访一下吧。"于是他们继续向前走，来到了弱水边上。周穆王博学多才，他在古书上看到过关于弱水的记载，知道这条河很神奇，把一片羽毛扔进去都会很快沉入河底。众人正犯愁不知如何过河时，只听见哗啦啦的水响，数不尽的鱼和乌龟浮出了水面，搭起了一座宽阔而结实的大桥。周穆王大喜，他对大臣们说："你们看，这一定是昆仑山中的西王母迎接我们呢。"

众人过了弱水，进入了昆仑仙境，只见山中奇花异草无数，一阵阵仙气扑面而来，深吸一口都觉得身心畅快。周穆王根据书中的记载，向大家一一介绍山中的宝贝，比如藏在石头中的仙液，玉树上结满的仙果等。众人心想，神仙居住的地方果然比人间要好得多啊。又向前走了没几步，遇见一个小童子，长得眉清目秀，十分惹人喜爱，他对周穆王说："西王母知道大王前来，命我来带你们到瑶池赴宴。"

于是众人跟着童子来到一个开阔的山谷中，山谷中间有一个像镜子一样的大湖，这就是瑶池；旁边的草地上摆开了一排宴席，居中而坐的是一位美丽的女神。这女神就是传说中的西王母。周穆王赶忙上前行礼，又派人把带来的宝玉和绸缎献上。西王母也很尊重周穆王，收下了礼物，邀请众人入座。神仙吃的食物真是非同一般，只见桌上摆满了仙家的蔬果：碧绿碧绿的藕，洁白如雪的橘子，还有黑色的枣，粉白的莲子，再配上一壶甜得如蜜的仙酒……周穆王和大臣们都大饱了口福。宴会过了一半，西王母站起身来为穆王歌唱道："白云在天上悠悠地飘荡，我们之间的路途是如此遥远，还有那一座座山川相隔在其间，在你有生之年，还会来此与我相会吗？"周穆王听后大为感动，回答道："我回到东方的国土以后，一定会将国家

治理得井然有序、万民和乐，到那时就会再来拜访您的。"宴会很快结束了，周穆王依依不舍地与西王母拱手作别，西王母亲自把穆王送下了昆仑山，临别时又赠送了他许多宝物。

周穆王率领大臣们回国以后，还常常感念西王母的招待，心中很向往神仙的悠闲生活。因为在宴席中吃了很多延年益寿的仙果，所以周穆王活了很大的年纪。还有人说，后来有一天西王母忽然降临到宫中，带着周穆王和她一起去做了神仙呢。

在《穆天子传》和《墉城集仙录》中对这个故事有详细的记载。

〔博闻馆〕

神话中的西王母形象

提起西王母，很多人脑海中浮现出的大概是《西游记》中那个慈爱又庄严的王母娘娘。其实在早期的神话记载中，西王母是一个长相很可怕的凶神。《山海经》中这样描写道：西王母是一个长得像人的神仙，但是她有着像老虎一样尖锐的牙齿，还有一条长长的豹尾，披散着头发，十分善于长啸。她管理着五种自然灾害并且替天施行刑罚。西王母住在昆仑山上，身旁有三只青鸟为她做信使。可是到了后来，西王母的形象就大为改变了，周穆王所拜访的西王母早就没有了野兽的样子，而是一个威严的统治者形象。再往后，西王母的形象就逐渐变成了人们熟知的那个王母娘娘了，据说她是天地之间的至阴之气所化成的，统率着天下所有的女神。西王母不仅仅与周穆王相会过，其实她还帮助过不少帝王。据说上古时期黄帝被蚩尤战败时，她就曾经派九天玄女教给黄帝克敌的办法，还曾赠给舜帝白玉环和天下的地图。传说在与周穆王相见的几百年后，西王母来到了汉宫与汉武帝相见，他们一同谈论神仙道术，最后西王母送给汉武帝经书和仙药，才缓缓向西天飞去。

干将莫邪铸宝剑

据说昆吾山中遍地都是金属：石头里有坚硬的青铜，泉水中漂浮着铁屑，泥土里埋着精钢，就连花草树木都像剑一样锋利。在这座金铁之山中，有这样一种怪兽，长得很像兔子，但不吃青草只吃金属，所以它的胆和肾比钢铁都要硬得多。在楚王的兵器库中，就发现了这样一对怪兽，雄的长着黄金一样的皮毛，而雌的则有一身白银一样的皮毛，它们把兵器库中所有的兵器都吃掉了。后来楚王派人杀掉了这两只怪兽，取出了它们像金属一样的胆和肾，打算铸造出两把世上绝无仅有的宝剑。

楚王想到了干将和莫邪（yé）夫妇，他们是当时最知名的铸剑师，谁得到他们铸造的宝剑，都会到处炫耀。楚王把这块神奇的金属交给了他们，并且下令：一定要尽快造好剑，否则就杀死他们。

捧着这块宝贝回到家中后，莫邪很犯愁，对丈夫说："这样神奇的金属怎么可能很快就铸成剑呢，这不摆明了要难为我们吗？"干将安慰她说："我们一辈子铸剑也没遇到过这样的宝贝，这回我们一定能造出绝世的好剑，就算死了不也值了吗？"于是二人找来最好的泉水，用最好的炉子来铸剑。怪兽的胆和肾真是坚硬得不得了，夫妇俩用了整整一年的时间才把那金属融化掉，接着又用了一年的时间铸好了雄雌两把剑，最后在打磨宝剑、刻画花纹上又花费了一年的时间。宝剑铸成的那一天，剑气凌云，放出万丈光芒，令人惊叹不已。

　　干将很清楚楚王的为人，知道他得了这样罕见的宝剑后，一定会把铸剑的人杀掉，免得将来再为别人铸出更好的剑来，于是，干将只把其中的雌剑献给了楚王。楚王听人说他们铸造了两把剑，见干将只送来一把雌剑，就以铸剑太慢为由把他杀害了。楚王得到了宝剑后，心中十分得意。可是好景不长，一天晚上他忽然做了个噩梦，梦见干将的儿子拿着雄剑来找他报仇。一把明晃晃的宝剑迎面刺来，楚王一下子就吓醒了，他赶忙命令手下的人去捉拿干将的儿子。

　　干将的儿子叫作赤，他的两道眉毛之间差不多隔了一尺长，他得到了父亲留下的雄剑。原来当初干将去见楚王之前，就做好了被杀的准备，并为已经怀孕的妻子留下了更锋利的雄剑，希望儿子长大后能为他报仇。赤长大后，取出了父亲留下的雄剑，可是他根本没机会报仇，因为楚王早就派人四处捉拿他了。这时候，一个黑衣人找到了赤，他提出用赤的人头博取楚王的信任，然后由他来为干将报仇。赤心想除此之外也没什么别的办法了，便把心一横，拔剑自杀了。

　　黑衣人把雄剑和赤的人头拿给楚王看，楚王大喜，准备了大锅想要煮烂人头。结果就在楚王探头往锅里看的时候，黑衣人一下子把他的头砍了下来，接着又把自己的头也砍掉了。两个人头都落入了锅里，赤的头忽然睁开眼睛，一口咬住了楚王的脸，楚王也不甘示弱，回头把赤的耳朵咬掉了，而黑衣人则张开大嘴来帮赤，三个人头在锅里乱作一团，最后都被热水煮烂了，混在了一起。后来人们完全分辨不出哪个是楚王的头颅，就把他们一并安葬了，这就是后世有名的"三王墓"。赤终于为父亲报了大仇，而那两把剑则被人们分别用干将莫邪夫妇的名字命名，成为了人们心中最珍贵的传世名剑。

干将莫邪的故事在《搜神记》中有记载。

〔博闻馆〕 ～～～～～～～～～～～～～～～

后世有关干将莫邪剑的记载

西晋的时候，在豫章丰城这个地方，似乎总有一道紫气从城中直射到天上，夜晚从远处看去十分明显。雷焕是个博学多才的人，他看到这种奇异的景象后，便找来同样见识广博的张华讨论，二人一致认为这是因为在那个地方埋藏着宝剑。张华是个手握重权的大官，他让雷焕做了丰城县令，以便暗中寻找宝剑。雷焕到了县里，经过一番查探，果然在某处地下四丈多的地方发现了一个玉匣，打开一看，里面放着一对宝剑。雷焕给这两把剑分别起名叫龙泉、太阿，还把其中的龙泉剑送给张华，从此以后，这个地方的紫气就消散了。张华得到了宝剑后特别的爱惜，仔细端详很久，突然发现这把剑并不是什么龙泉剑，而是战国时期的名剑干将。张华死后，干将也跟着不见了踪影。后来雷焕的儿子佩戴着莫邪剑过河，宝剑忽然自己跃入水中，大河中顿时出现了两条浑身都是花纹的神龙，上下翻腾，掀起一阵巨浪后就不见了踪影，而莫邪剑再也找不着了。

沉香劈山救母

　　天帝美丽的小女儿三娘有件宝物——宝莲灯，她最爱透过宝莲灯欣赏人间的景象，尤其是美丽的华山之景，山上的景色犹如仙境，让三娘特别喜欢。于是天帝封三娘为华山神女，但又不放心她一个人到人间游玩，便让三娘的二哥——二郎神保护妹妹。二郎神是个冷酷的人，他对天庭里所有的神仙都板着一张脸，做事心狠手辣。有一只哮天犬始终伴随他左右，那狗长得面目狰狞，大家都不敢接近。

　　三娘在华山的神女庙中，每天看着来来往往的善男信女，听他们说的话语，想象着人间的生活会是怎样的，日子过得平淡而寂寞。直到有一天，一个英俊潇洒的男子来到庙中，他是途经华山准备进京赶考的书生刘彦昌。他在庙中望着三娘的神像，见到竟有如此美丽温婉的女神，心中久久不能平静。他感慨如果世间真有这样的凡人女子，若能娶她为妻，将是多么美好的事情！想着想着，他拿起笔来，在墙上题写下一首表达爱慕的诗，然后才恋恋不舍地离开。这一切都被躲在神像后的三娘看得清清楚楚。三娘羞得满脸通红，也一下子爱上了这个才情过人、风流倜傥的男子。

就在刘彦昌失落地下山时，路上突然邂逅一位与神像极为相似的女子，美丽无比，气质非凡。刘彦昌激动地向她表白心迹，感慨一定是自己的诚心感动了上苍。而这位女子则转过身去，抿着嘴偷偷地笑了。

从此，三娘化为凡人，与刘彦昌结为夫妻，过上了幸福甜蜜的生活。一年后，刘彦昌决定再次进京赶考，以博取功名，而三娘此时也有了身孕，两人依依不舍，相约金榜题名时再相会。

好景不长，二郎神见妹妹许久不现身，便悄悄找寻，发现三娘竟然私自与凡人成亲，大为震怒。他让哮天犬把宝莲灯偷了出来，然后趁三娘熟睡时把她压在华山下，让她永远不能再与刘彦昌见面。

刘彦昌高中状元回家之后却不见妻子，十分伤心。几个月后，突然有一个年轻的女子为他抱来一个男孩，并告诉了他实情。刘彦昌这才知道妻子竟是仙女，如今却被压在华山之下，而眼前这孩子，正是三娘生下他后悄悄拜托丫鬟逃过二郎神的法眼冒险送出山底的，三娘为这男孩取名沉香。

　　沉香从小就很懂事,而且十分聪明。父亲在他八岁生日的时候把母亲的故事告诉了他,沉香十分难过,发誓一定要把母亲救出来。无奈刘彦昌只是一介书生,不知道如何救出妻子,整天只是悲伤地叹气。

　　沉香常常站在华山脚下,望着大山无奈地嚎啕大哭。悲戚的声音打动了路过的霹雳大仙,大仙问清缘由后十分同情沉香与他的父母,将他收为徒弟,悉心指导他研习知识与武功。沉香本是人神之子，天资聪慧，很快就掌握了六韬三略、百般武艺、七十三变，成为有勇有谋的孩子。十六岁时，沉香向大仙拜别，临行前大仙送给他一柄开山神斧，助他劈山救母。

二郎神知道了这件事情，心想，就凭你一个小孩子还敢和我对抗！便在华山前将沉香拦住，让他放弃救母。沉香知道二郎神就是自己的舅舅，苦苦哀求舅舅放了母亲，而二郎神却铁石心肠，竟挥起尖刀刺向沉香。沉香十分生气，忍无可忍，便抢起大斧，与二郎神打斗起来。天上的神仙们听说了此事，大家都觉得二郎神如此凶狠地对待三娘与年幼的孩子，实在无情无义，都暗中为沉香助力。沉香越战越勇，越战越神，打得二郎神狼狈地带着哮天犬逃跑了，临走的时候，二郎神还不小心把怀中的宝莲灯掉在了地上。

沉香一手捧着宝莲灯，一手拎着大斧来到华山脚下，他不停地喊着"娘啊！娘啊！"从北峰喊到东峰，又从东峰喊到南峰，却始终找不见娘在哪里。他心想，纵然有了开山神斧，不知道母亲被困在哪里，也没办法救出她啊。他伤心地放声大哭，直哭得天昏地暗，日月无光。一位山神听见沉香的哭声，深受感动，跑来说："孝顺的孩子哟，你娘就在西峰峰头呢。"沉香听了这话马上打起精神，迈步登上西峰，大喊一声："娘！"不久便听到"儿呀，娘在这里"的回声。沉香朝着顶峰，高举神斧奋力劈下，只见万道金光一闪，天地被震颤得发出轰隆隆的声响，峰顶裂开一道缝隙，三娘从里面缓缓走了出来，与自己的儿子紧紧拥抱在一起。时隔十几年，一家三口终于团圆了。

沉香救母的故事在《新编说唱宝莲灯华山救母全传》和《新编说唱沉香太子全传》等唱本中都有讲述。

〔博闻馆〕 ～～～～～～～～～～～～～～～～

"斧劈石"和"孝子峰"

如今，在华山莲花峰翠云宫西侧的莲花石旁，有一块巨大的石头，长十余米，裂成三段，就好像是用锋利的大斧削成的一样，人们都叫它"斧劈石"，相传这便是沉香救母时用神斧劈裂华山时留下的痕迹。而传说中当年沉香站着放声大哭的那座山峰，后来也被人们称为"孝子峰"。

桂树砍不断　吴刚伐万年

相传在汉代的时候，有一个年轻的小伙子叫吴刚，他天资聪颖，读书过目不忘，而且身体强壮，力气比一般人都大，于是他在很小的时候就凭借非凡的学识与体魄名扬四方。大家提起吴刚，都竖起大拇指说："这孩子年纪这么小就已经如此聪明，而且身手不凡，以后一定是个不平凡的人呀！"

随着吴刚渐渐长大，他懂的知识越来越多，武功也越来越高深，看到周围的人都不如他，吴刚开始变得越来越骄傲。他常常想，我应该是这世界上最聪明的人了吧。即使是天上的神仙也未必有我聪明，我应该学习如何成仙的方法，不再做人，直接成仙，那时候，我就能在神仙的世界里大显身手啦。

此后，吴刚就遍访天下名山，寻找能够帮助自己成仙的高人。终于有一天，他在一座深山中遇见一位老道士，老道士见他天资聪慧，就点化他如何去往天庭，拜见玉帝以求得成仙的机会。吴刚十分高兴，谢过老道士之后就迫不及待地按照老道士教他的方法登上天庭，求见玉帝并说明来意。玉帝见吴刚口若悬河, 气度不凡, 又见他身材魁梧, 力量过人, 觉得是一个可造之材, 就爽快地答应了他的请求, 并告诉他: "你现在刚刚成仙, 修行还很不够, 需要凝神定性, 在这里潜心修炼, 一定不能像在凡间那样傲慢浮躁。" 吴刚口中连连答应, 心里却隐隐地不服气。

天庭里一切都是循规蹈矩的，这让在人间散漫惯了的吴刚极不适应，他不喜欢处处受约束，更受不了天天坐在一个地方动也不动地潜心修道。于是他经常从修道的地方逃出来，惹是生非，闹得天庭鸡飞狗跳，天帝也常常因此而大伤脑筋。

这一次，吴刚又没有专心修行，而再次惹是生非，触犯了天条。天帝十分生气，训斥吴刚道："我念你是个可造之材，给了你成仙的机会，但你却不好好珍惜，还是我行我素，丝毫没有意识到修行的重要性。现在我就罚你去月宫，用这把斧子去砍伐那棵桂花树，什么时候桂花树倒了，你才可以重回天庭。"说着，将一把极其锋利的斧子递给了吴刚。

吴刚曾经悄悄去月宫游玩过，见过那棵桂花树，那棵大树枝繁叶茂，枝干有三人合抱那么粗。但吴刚想，我臂力过人，又有这么锋利的斧子相助，一定会很快完成的。

吴刚来到月宫，当他抡起斧头砍向大树的一瞬间，斧子突然变得锈迹斑斑；而当他不得不坐下来专心磨斧时，斧子又变回锋利的样子。原来，这斧子也是一件神物，当拿着它的人内心思绪纷乱浮躁时，那斧子就变得迟钝；而当拿着它的人一心一意时，斧子则变得锋利无比。而每当吴刚看到即将被砍断的大树又变得完好如初时，他就变得更加焦躁。

就这样，这个可怜的吴刚，千百年来一直拿着一把锈迹斑斑的斧子不断地砍伐着那棵总也砍不倒的桂花树，如果晚上静下心来听，似乎还能听到吴刚砍树的声音呢。

《酉阳杂俎(zǔ)》一书对这个故事有生动的描述。

獬豸奇断案

　　不太宽敞的街道上挤满了一圈看热闹的人，被围在中间的是一个老人和一个年轻人。那个年轻人扯住老人的袖子，摆出不依不饶的架势，而看热闹的人们议论纷纷。年轻人冲着老人喊道："你这个老头，偷了我的钱，难道就这么算了？你必须多给我一些钱作为赔偿，要不然就拉你去见官。"那个老人头发已经花白，牙齿也掉得差不多了，他怕年轻人打他，只敢小声地说："你抢走了我的钱，我哪还有钱啊？"人们看老人穿得破破烂烂，而年轻人却衣着体面，都认为是老人偷了钱。

　　这时候，一个中年人挤进人群，来到两人面前。他个子并不高，却给人一种威严的感觉，手里还牵着一头奇形怪状的动物。这头怪兽的大小和一只羊差不多，却长着一身青色的毛，更奇怪的是它的头上居然长着一只角。中年人对大家说："我叫皋（gāo）陶，刚到本地负责执法，就让我来处理这个案子吧。"年轻人这时候也不拉扯老人了，他看着那头怪兽，心里有点发毛。皋陶向旁边的人问清了情况，仔细想了一会儿，便放开了拴着怪兽的绳子。那头怪兽特别凶猛，只见它低着头扑上前去，一下子就用头上的独角把年轻人顶翻了，还张开大嘴要咬他。这一下把所有人都吓坏了。皋陶忙上前拉住了怪兽，对大家说："这是我的神兽，叫作獬豸（xiè zhì），只要是有罪的人，它一下子就能分辨出来。"转头又问躺在地上的年轻人，"快说

是不是你抢了老人的钱，还反诬他偷了你的钱？"老人看到皋陶帮他说话，也壮起胆子大声说："这钱是我辛辛苦苦攒下来的，这个年轻人偷我的钱被我发现了，却反咬一口说我偷了他的钱。"那个年轻人看着獬豸冷冷的目光，再也不敢说谎了，赶忙承认老人所说的是实情。他把钱如数还给老人后，被皋陶带回了监狱。人们看到皋陶和獬豸威武的样子，都不住地大声称赞。

原来这个皋陶是颛顼帝的儿子，从小就聪明过人，尤其是律法学得特别好，在得到了神兽獬豸之后，他就没有判错过案子。无论多么复杂的案子，只要獬豸把头上的角往人身上一碰，就立刻知道是谁犯了罪，这可是它独一无二的本领。有了獬豸的帮助，皋陶的名声逐渐传开了，还做了负责执法的官员。

办理了这个案件后，皋陶和獬豸的名字传到了尧帝的耳朵里，尧帝十分欣赏皋陶，让他做了大理官（即司法长官）。后来舜帝继承了帝位后，又把皋陶封为士师，专门负责执法。有一次，有个心地特别坏的大臣想要陷害别人，被獬豸及时发现，差点把他给吃掉。这样一来，那些有心做坏事的人一想到獬豸能辨别忠奸，心里就非常害怕，从此以后只好老老实实做人了。舜帝在皋陶和獬豸的帮助下，把国家治理得越来越好。

后来皋陶被人们尊为"司法鼻祖"，而獬豸则因为它神奇的断案能力，被看作是"法"的化身，它的形象也被绘制在后世执法大臣的衣服和帽子上。从此獬豸就成了明察秋毫、执法公正的象征。

在《论衡》和《异物志》中都有关于獬豸的记载。

〔博闻馆〕

獬豸的趣事

在中国人的眼里，獬豸历来代表着正直廉明。北宋时期的大文学家苏轼撰写过一本《艾子杂说》，书中记载了这样一段故事——有一天，齐宣王问艾子："听说你很博学，那你知道上古时期有一种叫作獬豸的动物吗？"艾子仔细想了想，说："獬豸可是一种了不起的神兽啊，据说在尧帝时期，判断哪个大臣好哪个大臣坏，可全靠它呢。它用头上的独角触碰那些大臣们，忠诚的大臣被碰到后什么事都没有；如果发现了奸诈阴险的大臣，它

就会不由分说一口把他吃掉。"他说完以后，紧接着又说了一句，
"如果当今有獬豸的话，那么它可能就不需要费劲地寻找食物
了。"这话什么意思呢？还不是因为齐宣王手下奸险的臣子太多
了，这是艾子在讽刺当时的朝政呢。

　　獬豸之所以受到中国人的喜爱，不仅仅因为它能够分辨忠
奸，还因为它不畏强暴，有敢于抗争的精神。在出土的一件战
国时期的铜器残片上，就画着獬豸为了保护小羊而与凶恶的狼
对峙的场景，它那勇敢而毫不屈服的样子真让人不由得心生
敬佩。

能分辨忠奸的神草——屈轶草

人一上了年纪就容易犯糊涂，尧帝摸着花白的胡子暗暗犯愁，想当年自己年轻的时候，无论多麻烦的事情都能处理得明明白白，可如今年纪大了，眼睛也花了，做什么事都力不从心。尧帝想来想去，决定将国家大事都交给手下的大臣去处理，自己只负责监督。这样过了一段时间后，尧帝看到国家还是一如既往地安定和平，对这些臣子感到很满意。

可是日子一久，有的臣子就动起了歪脑筋，他们想：既然这个老头都已经老糊涂了，我为什么不趁着这个机会，多捞点好处呢？渐渐地，尧帝奇怪地发现国家的仓库中，金钱和粮食变得越来越少了，而百姓口中的怨言却越来越多了。他派一个懂得兴修水利的大臣去治理泛滥的河水，结果整整修了三年，水患却依然没有治理好，那一带的庄稼也没有收成，但国库里的钱却花去了不少。百姓们纷纷抱怨：尧帝是我们最敬爱的君主，为什么现在他这么昏庸，让我们的日子越过越糟呢？事情传到了尧帝耳中，他虽然老眼昏花，耳朵也有点不好使了，但他知道这件事肯定没有那么简单，于是就召见了治水的臣子，问他说："为什么这水患还没有治理好？国家的钱你都花到哪里去了？"尧帝极有威严，他冷冷地看着治水大臣，那个大臣之前以为尧帝什么都不知道，听他这么一问，心里一害怕，赶忙道出了实情：原来他想借着治水的机会多捞些钱，治水的经费大半

都被他扣下了，所以水患至今都没有治理好。尧帝十分生气，重重地处罚了他。通过这件事，尧帝意识到手下的大臣中还有这样的小人，可是该怎么分辨出来呢？

这天晚上，尧帝怀着心事昏昏沉沉地睡着了，他梦见一个神人对他说："尧帝啊，你是一个爱民如子的好君主，我决定帮帮你。明天上朝的时候，你注意观察宫殿角落里的一株小草，那是我给你的屈轶草，如果小草弯下来指向谁，那个人肯定就是奸诈的小人。"尧帝迷迷糊糊地醒来后，想起这个梦，觉得莫名其妙。

到了早上，尧帝果然发现了一株草，碧绿碧绿的，长得又细又高，直直地立在宫殿的角落里，他想这可能就是屈轶草吧。过了一会儿，有个臣子来拜见他，尧帝注意观察屈轶草，只见那草一下子弯了下来，草尖直指向那个大臣，大臣走到哪儿，它就指向哪儿。这个臣子是管理国库的，尧帝想到最近国库里的钱越来越少，一定和他有关，于是严厉地逼问他。这个臣子见尧帝都知道了，只好低头承认了。就这样，尧帝一连处治了好多奸佞（nìng）小人。人们看到尧帝年纪都这么大了，还能清楚地分辨忠奸，再也没有谁敢做违法的事了，这可都是屈轶草的功劳啊。尧帝凭借着这株神奇的草，把国家治理得越来越好，等到他快九十岁把帝位传给舜的时候，还嘱咐舜要好好地使用屈轶草。

在《博物志》中记载了屈轶草的神奇功用。

〔博闻馆〕

能使人长生不死的神草

屈轶草能够辨别忠奸，这已经够神奇了吧，但据说还有一种神草，能够使人长生不死。这种神草生长在一个传说中的岛屿——祖州，祖州在东海之中，距离陆地足足有七万里之遥。在这座岛上长着这样一种草，大概有三四尺高，就算人已经死了三四天，只要把这神草采下盖到人身上，死人就能立刻复活。要是活着的人吃了这草，那可就能长生不死了。秦始皇在位的时候，由于战乱不断，很多人死在了道路上，结果一群鸟飞过，把嘴里衔的草盖在那些人脸上，这些人就一下子坐起来复活了。有人把这件事报告给秦始皇，秦始皇觉得很不可思议，就派人去问知识渊博的鬼谷先生。鬼谷先生说："这是不死之草，生长在祖州的琼田之中，它还有个名字叫养神芝，每一株能够救活一千个人。"秦始皇一直盼望着能够长生不死，一听说还有这样的神草，马上派徐福带着童男童女各三千人去海中寻找，结果徐福再也没有回来。贪心的秦始皇到死也没能找到不死之草。

湘妃竹的传说

尧帝面对着一屋子提亲的人，眉头皱得紧紧的，心里想该怎么回绝这些人呢？他们都是来给尧帝的两个女儿提亲的，大女儿娥皇品貌端庄，像一朵红艳艳的牡丹花；而小女儿女英活泼俏丽，则像一枝亭亭玉立的出水芙蓉，怎不引得提亲人踏破门槛？不是尧帝不想答应，只是他两个女儿的要求实在太高。等尧帝费了好大的劲将所有提亲的人都打发走以后，姐妹二人突然跑来告诉他，她们决定嫁给历山脚下的舜。舜的事迹早就传遍了天下，她们听了之后很欣赏舜的善良孝顺，于是决定一起嫁给他。尧帝想了一想，点头同意了这门亲事。

这个消息很快就传开了，天下人都对舜又羡慕又嫉妒，而舜也被这从天而降的喜事惊呆了。当他把娥皇、女英接到家里成亲的时候，方圆数十里的百姓都跑来看热闹，纷纷给他们送去祝福。娥皇和女英为能够如愿嫁给舜这样的好人，心中感到满足，而舜也对这两位妻子又敬又爱。

后来舜继承了尧帝的帝位，聪明贤惠的娥皇便成为了他处理政事的好帮手，帮助他解决了不少难题。而勤劳细心的女英则在家里把所有事情治理得井井有条，为舜帝解除后顾之忧。

就这样，几十年过去了，国家在舜帝的治理下越来越强盛。舜帝的年纪也越来越大，他觉得自己已经没法管理国家了，打算将帝位传给治水有功的大禹。这时候忽然传来南方三苗部落叛乱的消息，舜帝大怒，他决定在退位之前先把国家安定下来，于是不顾别人的劝阻，亲自带兵前去征讨三苗部落。

可过了很长时间，南征的舜帝还没有回来，娥皇和女英很担心，两人决定亲自到南方去寻找丈夫。不知道走了多久，娥皇和女英来到了九嶷（yí）山，她们在山脚下看见许多人在一个大坟墓前祭拜，上前一看发现竟然是舜帝的墓。女英顿时觉得天旋地转，一下子昏了过去，而娥皇比较坚强，她强忍住泪水向周围的百姓打听情况。原来舜帝大军一到南方就平定了这场叛乱，可是由于水土不服，再加上长时间奔波，年迈的舜帝禁不住这样的劳累，最终在苍梧这个地方离开了人世。大家感念舜帝的恩德，就将他埋在了九嶷山的山脚下，每天都前来祭拜他。

娥皇听了之后，心中十分悲痛。这时候昏倒的女英也醒了过来，姐妹二人在坟前放声大哭，她们想起了以前与丈夫在一起的美好时光，而如今却再也不能相见了，想到这里眼泪就越发止不住了。二人哭得十分凄惨，最后哭出的泪水都变成了血红色，旁边的百姓看了也忍不住跟着掉眼泪。娥皇和女英在坟前哭了三天三夜，眼泪都流干了，这才心灰意冷地离开了九嶷山。等她们走到湘水的时候，又开始难过起来，便双双跃入波涛滚滚的湘江水中追随舜帝而去了。百姓不愿相信她们就这样死去了，便说她们变成了湘水的女神——湘妃。

　　居住在九嶷山的人们发现，种在舜帝坟边的一片竹林变了样子，原本翠绿光滑的竹子上出现了许多斑点，远远望去就好像挂着泪痕一样。人们猜想这一定是娥皇和女英的眼泪不小心滴在了上面的缘故，于是就将这种竹子称作湘妃竹。一阵风轻轻吹过，竹林里一片沙沙的响声，这是娥皇和女英的魂灵在为自己的丈夫哭泣吧，隐约中仿佛还能听见一声长长的叹息。

　　这个故事在《博物志》《述异记》等书中有记载。

〔博闻馆〕  〜〜〜〜〜〜〜〜〜〜〜

王子猷爱竹

　　竹子因为它的翠绿挺拔而成为人们心中正直高洁的象征。魏晋时代颇多名士，当时著名的"竹林七贤"就以竹林命名，可见那时人们对竹子的喜爱。这其中爱竹成癖的当属王子猷（yóu）了。王子猷是大书法家王羲之的儿子，有个士大夫很欣赏王子猷的品行，邀请他到自己家做客。王子猷早就听说这个士大夫家中有一片极好的竹林，想都没想就接受了邀请。结果到了赴约那天，主人在正厅中等待王子猷，等来等去也不见他的踪影，派人出去一找才发现，原来王子猷一进庭院就直奔着竹林而去，旁若无人地观赏起来，早就忘了去见主人了。还有一次，王子猷去别人家的空房中暂住，还没等住进去就命人在周围种上了一圈竹子。别人很不理解，问他说："你只不过是暂时居住在这里，为何要如此麻烦地种上竹子呢？"王子猷打着口哨歌吟了好久，才指着那片竹林叹道："怎么可以一天没有这位君子啊！"

丹朱化鸟

丹朱最近的心情很不好，动不动就大发脾气，身边的人都不敢招惹他，生怕一不小心就受到他的责罚。原来，他听说父亲尧帝要把帝位传给舜了，还把两个女儿娥皇、女英都嫁给舜。丹朱心里不服气，他心想：我可是父亲的长子，按道理应该由我来继承帝位，我哪一点不如舜呢？其实丹朱也有很多优点，尤其擅长下围棋，上上下下没有人能胜过他。可是尧帝对他还是不满意，因为丹朱的棋艺虽然高超，可是围棋中蕴含的为人处世、治理国家的道理他却一点儿也没领悟到。

尧帝看丹朱的性格越来越暴躁，还整天无所事事，就责备他说："你看舜多么勤劳能干，你的九个弟弟跟着他都变得越来越有出息，你怎么就这么不成器啊！"那时候，三苗族一直不服从尧帝的治理，便想勾结丹朱起来造反，结果被尧帝及时发现了。尧帝杀死了三苗族的首领，同时对丹朱更加失望了，把他远远地放逐到丹水去做了个诸侯。三苗族的民众失去了首领，便也跟随着丹朱去了丹水。

　　南方的丹水离中原地区很远，少有人在这里居住，丹朱来到这个偏僻的地方后，生活得一点儿也不顺心，脾气越来越大了。而与此同时，舜的善良仁爱受到了越来越多人的称赞，终于有一天，尧帝把他立为了正式的继承人。丹朱知道这个消息后，火冒三丈，心想怎么也不能让舜得到帝位。在手下人的鼓动下，丹朱决定起来造反，争夺帝位。

　　尧帝见儿子造反，又伤心又生气，一连派了好几路军队去平定战乱。可丹水周围的地形十分复杂，遍布大片的森林和沼泽，尧帝的军队不熟悉地形，再加上丹朱率领士兵埋伏偷袭，根本不和他们正面战斗，一来二去，尧帝的军队就都被打败了。看到这种情况，尧帝不顾自己年老体弱，决定亲自带领军队征讨丹朱。丹朱听说父亲亲自来了，心里害怕，只好硬着头皮迎战，双方大战了几场，各有胜负。虽然丹朱熟悉地形，手下的三苗族人也很善战，但是尧帝从四面八方调来了更多的军队，时间一长，丹朱可就打不过尧帝了。在最后的决战中，尧帝指着丹朱的鼻子教训他道："丹朱啊丹朱，虽然你很聪明，可你一件正经事都不做，你看看舜多么仁爱孝顺，而你竟然这般忤逆，敢跟亲生父亲作战，真让我寒心啊。天下怎么可能交到你这种人的手中！"丹朱看着父亲满头的白发和满脸的皱纹，顿时觉得羞愧不已，他不由得流下眼泪，对父亲说道："父亲，我错了，为了您和天下人，我再也不和舜争帝位了。"

于是叛乱平定了，丹朱觉得没脸面对父亲，一个人远远地跑到了南海，一狠心投海自尽了。虽然丹朱犯了很多错误，但是最后他终于悔悟了。跳入海中之后，他的灵魂化成了一只丹朱鸟，这只鸟长着像人的手一样的爪子，样子就好像猫头鹰，整日在南海附近飞来飞去。尧帝得知了这个消息，非常难过，

便让丹朱的后代都搬到南海去居住，还给他们建立了一个丹
朱国。

在《山海经》中有关于丹朱故事的记载。

〔博闻馆〕

丹朱学棋

尧帝娶了美丽的富宜氏为妻，过了不久，富宜氏就生下了一
个白胖可爱的孩子，取名叫丹朱。丹朱小时候还算懂事听话，可
是长大以后，品行就越来越不好了。尧帝见丹朱不务正业，感到
非常头疼，而富宜氏也总埋怨他不会教导孩子。一天，尧帝到汾
水河边散步，看见两个仙人在大树下坐着。尧帝赶忙上前去拜见
他们，走近一看，才发现他们面前的沙地上画满了横线和竖线，
上面还摆着黑白两色的小圆子。尧帝看了半天也没看明白，便向
仙人请教。仙人告诉他，这种东西叫做围棋，棋盘是方的，代表
着静；棋子是圆的，代表着动。这里面包含着天地之间的神奇
法则，要仔细领悟才能明白。尧帝心想这东西可真奇妙，于是跟
着仙人把围棋的下法一点一点地都学会了。回到家中，尧帝决定

用围棋来教导丹朱。丹朱一下子就爱上了围棋，而且水平越来越高，本来他是有点愚笨的，可是自学了围棋后竟变得聪明起来。虽然丹朱的棋艺大有长进，可惜围棋中蕴含的治国处世的道理他却没有领悟到。最后舜继承了帝位，成为了圣明的君主，而丹朱在后人眼里只是一个围棋高手。

百鸟朝凤

很久以前，凤凰其实并不是传说中那种美丽而华贵的鸟，它实在很普通，褐色的羽毛没有一丝光泽。但是凤凰生性谦和，经常热心地帮助周围的伙伴，而且还很勤劳，总是把自己的窝收拾得干净利落。

当夏天到来的时候，所有的鸟儿都很开心。大家争相在阳光下波光粼粼的湖水边梳理羽毛，相互炫耀着自己的美丽。凤凰看着大家开心的样子，也觉得很开心，可是它并没有在那里耽搁太久，而是提前回到家中，做更重要的事情。

原来，凤凰在天气暖和的时候，总是想到：现在天气这么好，我们寻找食物很容易，可是一旦天气变冷了，就不会这么容易了。我应该提前储存一些食物，这样到冬天就不至于挨饿啦。当它激动地把这个想法告诉伙伴时，大家都嘲笑它，喜鹊说："小凤凰呀，你是不是因为自己不够美丽，就不愿意看到我们在这里比美，于是想出这样一个办法让我们回家？哼，即使冬天来了我也不怕，我不相信一点儿吃的都找不到。再说冬天还早得很呢，现在何必着急？"大家听到喜鹊的话都点头表示同意，凤凰只好失望地独自飞走了。但是，凤凰并没有放弃自己的想法，它总是很忙碌，飞到各处采集各种各样的果实，把它们搬运到自己的窝中，有时还把食物搬出来晾晒，防止发潮。

这的确是个好习惯，每到冬天，不管天气多么严寒，凤凰都有充足的食物，见到饥饿的伙伴，它还会主动分给它们一些东西吃。

这一年，冬天来得特别早，整个森林都找不到食物。天寒地冻之中，不断有觅不到食的鸟儿扑棱着翅膀虚弱地栽倒在

地上。凤凰看着眼前的一切，心里十分焦急。它把所有的鸟儿召集起来，诚恳地说："我曾经提醒大家，希望大家能够趁着好日子多干活存些食物，以防冬天食物短缺，可是大家没有听。今年的冬天格外寒冷，我这里存了不少食物，我们一起节省着吃，应该勉强够熬过一些时日。天气转暖以后，希望大家记住这个教训，学会提前打算。"在场的鸟儿都羞愧地低下了头，并对凤凰的慷慨相助感激不已。这个冬天，幸亏有凤凰多年积攒下来的干果与草籽，鸟儿们才一起熬过了难关。

春天来了，天气渐渐转暖。这天，喜鹊悄悄地把除了凤凰以外的所有鸟儿召集起来，说道："去年我们多亏凤凰的帮助才活了下来，当初我们还都嘲笑它，实在是很愚蠢。我建议大家各自从身上拔下一根最美的羽毛，做成一件最美的衣服送给凤凰。"大家都表示赞同，并一致推选凤凰为鸟中之王。

从此以后，凤凰穿上了百鸟衣，变得十分美丽。每年它过生日的时候，所有受过它恩惠的鸟儿以及它们的后代都会从四面八方赶来，向它表示祝贺，这就是人们常说的"百鸟朝凤"。《太平御览》一书中还描述了上百只鸟追随着凤凰一起飞向苍梧山的壮观景象。

田螺里藏着小仙子

你见过像水缸那么大个儿的田螺吗? 里面可能并没有田螺肉, 而是藏着一个小仙子呢。这样一个特别的田螺就被东晋时期一个叫谢端的孩子捡到过。

谢端特别受乡亲们喜爱, 他住在一个叫侯官的偏僻小县城里。谢端很小的时候, 他的父母就去世了, 变成孤儿的他无依无靠, 寄居在好心的邻居家里, 帮着乡亲们打鱼做农活, 一直长到十六岁。

这时的谢端已经长成了大小伙子, 他不想继续给邻居添麻烦, 自己便在山坡上盖起一间房子, 开始了独立的生活。房屋虽然简陋, 日子也过得紧巴巴的, 但他毫不气馁, 每天早出晚归, 耕田打柴, 勤于劳作, 他相信只要自己努力, 日子就一定会越来越好。

这一天, 谢端在田间耕地时, 突然发现一只大田螺, 竟然有水缸那么大, 谢端又惊又喜, 便小心翼翼地把田螺抱回家中, 用家里那只破旧的大水缸把田螺养了起来。很多天过去了,田螺一直安静地躺着,什么异常都没有发生。

而谢端仍然每天早早出门劳作,很晚才回家。直到有一天,奇怪的事情发生了——

这天,他回到家中,意外地发现桌子上摆着热腾腾的饭菜和鲜汤,炉子里的火焰将整个屋子烤得格外暖和。谢端觉得一定是哪位邻居为自己做了这些,心中好生感激。自此之后,一连数十天,每晚当谢端疲惫地回到家后,总会看到桌上已

摆好可口的饭菜。谢端于是挨家挨户去找好心人道谢，可是人人都说不是自己做的，用不着道谢。谢端以为是邻居们好心帮忙不想让他知道，仍然执意一再道谢。有的邻居还开玩笑说："一定是你自己悄悄娶了贤惠的媳妇在家，每天为你洗衣做饭呢。"

谢端百思不得其解。第二天，他照旧清晨出门耕田，临近晌午时分，他悄悄地潜回家中想一探究竟。他蹲在篱笆外静静地观察着屋中的动静，不一会儿，竟然看到一个少女从养着大田螺的水缸中轻盈地迈步出来，走到灶前准备生火。谢端急忙冲进家门，看见水缸中的大田螺只剩下了空壳，而这个美丽的少女则神色惶恐，害怕地想要回到田螺中去。谢端赶紧拦住了她，向她恭敬地作揖问道："请问姑娘是从哪里来的，为何每日都好心帮我做饭？"少女紧张而害羞地低下了头，过了很久才缓缓说道："我本是天上的白水素女，奉天帝之命，下凡为你守家做饭，操持料理家务。这是天帝念你自小失去双亲而为人厚道仁义，想让我帮助你在十年内富家立业，并娶妻成家，到那时候我再回天庭复命。而你现在却已暗中看到我的真形，因此我不能再待在这里，以免天机泄露。等我走后，你要继续勤勉劳作，打鱼耕田。虽然仍会过得辛苦些，但生活总会越来越好的。我把这个田螺壳留给你，你今后就用它来储米，保证你不会饿肚子。"听了小仙子的一番话，谢端又懊悔又感激，他诚恳地再三挽留小仙子，而田螺仙子却执意驾着彩云离去了。

自此之后，谢端比以前更加努力地砍柴、耕田，打鱼劳作。正如田螺仙子所说，日子真的一天天越来越好，而谢端心中始终未忘当年田螺仙子对自己无私的帮助，于是专门为她立了一座神像，逢年过节时都会去祭拜她。再后来，谢端的家业愈加殷实，并且娶回一个貌美贤惠的妻子，他还不断读书学习，终于走上仕途，成为了一名深得民心的好县令。

谢端为感谢田螺仙子的帮助，后来还专门为她建了祠堂，也就是我们今天常常见到的素女祠。

这个故事在《搜神后记》中有生动的描述。

住在门上的神仙

　　传统民间风俗中，人们为了祈求家人平安，神鬼不来冒犯，家家户户都会在大门上贴上门神的画像。这门神通常为两个人：一个是拿着钢鞭的黑脸将军尉（yù）迟恭，一个是拿着铁锏的白脸将军秦叔宝。在历史上，他们都是唐朝数一数二的大将军，如何变成门神了呢？这要从唐太宗的故事说起。

　　唐太宗有一天晚上做梦，梦见泾（jīng）河龙王来找他，向他求救："陛下救我！我因为跟一个算命先生打赌，他赌我今天早上一定会下雨，为了不让他赢，我故意拖着不下雨。可是这违背了玉帝的旨意，玉帝现在要杀我呢。"唐太宗很惊讶："就因为这点事情要杀你吗？""是呀！"龙王哭着说，"现在只有您能救我了，玉帝下令明天午时斩我，由您的大臣魏征监斩。只要您能拖住魏征，不让他那时候过来，我就可以保住性命了。"见泾河龙王这么可怜，唐太宗就答应了他的请求。

　　第二天一大早，上完早朝，唐太宗就叫来魏征，让他陪自己下棋，从早上一直下到中午。其间魏征实在太累了，就打了一个盹儿。唐太宗看着他睡着，心想这下子泾河龙王应该没事了。可谁知道，魏征在梦里去监斩，还是把泾河龙王杀了。唐太宗无奈地叹了一口气，心想自己也算尽力了，真是天命难违呀。

　　可是，那天晚上唐太宗梦见死去的泾河龙王来找他索命，说他不讲信用，才害得自己死了。唐太宗脸色苍白，全身是汗，从梦中惊醒。接着第二天、第三天，一连好几天都做同样的梦。唐太宗实在撑不住了，就把这件事说出来跟大臣们商量。

大臣们议论纷纷，这时，大将尉迟恭和秦叔宝向前一步说："皇上，我们愿意站在您寝宫门口守夜，保证泾河龙王的冤魂不敢再来。"唐太宗答应了。那天晚上，泾河龙王真的没有再闯入他的梦中，唐太宗睡得特别香。

第二天，唐太宗重赏了两员大将，但是如果让两个人每天晚上都不睡觉守在门口，唐太宗也觉得于心不忍。于是，就找画师画了两人的画像，贴在大门上。画像上，两个将军双目圆睁，正气凛然地注视着前方。从此，唐太宗再也没有受到过侵扰，能安心睡觉了。

这件事一传十，十传百，尉迟恭和秦叔宝的画像也流传到了民间。老百姓把他们二人视为门神，将他们两人的画像贴在自家大门上，以保佑家人平平安安。

这个故事在《搜神记》中有记载。

〔博闻馆〕

钟馗的故事

除了尉迟恭和秦叔宝外，民间还流传着另一个门神的故事，那就是钟馗（kuí）。

　　钟馗也是唐朝人，武功特别高强，在唐玄宗的时候参加了武举考试，打败很多对手。但是因为他长得太丑了，最终没有被录取。听到这消息，钟馗心里很难受，一时没想开就一头撞死在墙上。唐玄宗听说后，觉得挺可惜的，赐大红袍厚葬了他。后来唐玄宗身患重病，一天晚上做梦，梦见一只小鬼来追他，正在害怕的时候，一个身材魁梧的人从天而降，降住了小鬼。唐玄宗问他是什么人，那人回答说："钟馗。"

　　第二天，唐玄宗醒来后，病就全好了。回想起梦里那个人，心中特别感激，就让画师把钟馗的相貌画下来，悬挂或张贴在皇宫内外以求祛邪保平安。从此，钟馗名声大噪，成为名扬天下的一代门神。

管着读书人前途的神仙——文曲星

古代的书生赶考前，一定会去庙里拜一位神仙，求他保佑自己能高中。这位神仙就是文曲星，他管着读书人的前途。可他到底是什么人，又是怎么当上文曲星的呢？

文曲星也叫文昌帝君，原名张亚子，他的老家在今天的四川省越西县。张亚子的爹娘曾经有过一个孩子，但很早就夭折了，老两口非常渴望再要一个孩子，就天天祈求观世音菩萨保佑。终于，他们的诚心感动了菩萨，一个可爱的小男孩降生了，这个男孩就是张亚子。

慢慢地，张亚子长大了，开始上学了，村里的老师看他聪明，就劝他爹娘把他送到成都去念书。越西离成都有好几百里路呢，张亚子起初不肯去，因为这一去就许久见不到爹娘了。为了帮他解决这个难题，观音菩萨送给他一根神奇的竹竿，只要往胯下一夹，就会变成一匹长着鹿角、马面、驴身、牛蹄的四不像奇兽，人们给这宝贝取了一个名字——"驴特"。每天早上张亚子骑着"驴特"去成都，晚上又赶回来侍奉爹娘。他每天出发时用来踏脚的那块巨石现在已经成为一处著名的历史古迹，上面还刻着"文昌胜迹"四个大字。张亚子在成都读了很多年书，学习了各种各样的知识，从天文到地理，从文学到医药，无一不精，大家都说他是奇才。

张亚子对父母的孝心更是广为传颂。一次，他母亲腿上长了个大脓包，疼痛难忍。他陪母亲去看大夫，大夫说要把里面的脓吸出来才能好，听了这话，张亚子马上蹲下来吸母亲的脓包。大夫说要给母亲补充营养，可是张亚子家里穷，买不起肉，孝顺的张亚子竟然在夜里悄悄割自己身上的肉煮给母亲吃，还一直瞒着母亲。母亲在他的悉心照料下，腿伤很快痊愈了。

后来，张亚子帮助后秦的开国君主姚苌（cháng）抗击苻（fú）坚，屡立奇功，建立了后秦。在战争中，为了保护姚苌，张亚子被敌人用尖刀刺死了。

张亚子受封成为神仙，是在唐朝的时候。安史之乱时，唐玄宗为了躲避战乱，逃到了四川。可是随行的将士因为不习惯四川的气候，水土不服，病倒了一大批。唐玄宗着急得不得了，心想，如果他们死了，谁保护我重返京城夺回皇位？夜里，唐玄宗梦见张亚子和他说了一个药方。第二天，唐玄宗找来御医，把这个药方告诉他。御医按方子煎药给将士喝，所有人的病居然都好了。在四川的这段时间，唐玄宗还听说了张亚子的很多事迹，十分感动，追封他为"左丞相"，还下令在这里建庙，让百姓好好祭拜他。

后来，玉皇大帝又把张亚子封为文昌帝君，也就是文曲星，让他专门掌管文人考试的事情。他还有两个侍从，一个叫天聋，一个叫地哑。天聋掌管着文人们的命运簿，而地哑掌管着张亚子的大印。这是因为文昌帝君掌管的事情都是不可以泄露的天机，不仅关系到书生的前途，更关系到国家的命运，而天聋、地哑这样的人选可以确保不泄露天机。

文曲星的故事在《十六国春秋辑补·后秦录》《梓潼帝君化书》《文昌帝君阴骘（zhì）文》中有零散记载。

万箭齐发射潮神

每年的农历八月十五左右，是钱塘江大潮最汹涌壮观的日子，那浪潮张开巨大的嘴巴，好像要吃掉整个堤岸，任谁见了都害怕。在古时候，人们还没有能力建造高大的堤坝，沿岸的房屋常常遭遇潮水冲垮。人们都说这是因为大水之中住着一个"潮神"，他专爱兴风作浪，欺负百姓。

可是这潮神偏偏就害怕一个地方——六和塔，因为他曾经在那里被一个人称"钱王"的小子，用上万支箭射退，活生生地当了回"靶子"。从那以后，潮神只要一到六和塔，就不敢再往前走，好像是怕钱王会再次放箭。

这个钱王生活在唐朝末年，他其实是钱塘江的地方官，为人耿直，勇猛无比，为百姓做了不少好事，人们尊称他为钱王。当时钱塘江潮水泛滥，来势凶猛，江边的百姓深受其害，这件事让钱王很苦恼：在钱塘江修建堤坝时，每次总是建了一半就被潮水冲垮，怎么也想不出解决的办法。

钱王的性子很急躁，修堤坝这件事常常使他气得暴跳如雷。他把负责修坝的人叫到面前，训斥他为什么一直修不好堤坝，让沿江不少百姓遭殃。这位负责人委屈地向钱王说明了原因，告诉他钱塘江潮水之所以那么放肆，是因为江水中的潮神在作怪。负责人还说："大人啊，有这潮神捣乱，堤坝是永远也修不好的，还不如不修呢。"钱王听了大怒，拍着桌子训斥道："岂有此理，怎能让一个小潮神捣鬼，我要把他杀了，然后再修大坝!"手下们一听，赶忙劝阻，说这潮神行踪诡秘，没有人知道他在哪里，凡人是不可能杀死他的。

钱王听后仔细想了想,下令道:"我心意已决,你们迅速集结一万名最勇猛出色的弓箭手,八月十八那天在江边集合,同我会会这潮神。"看着手下疑惑的神情,钱王解释说:"我听说八月十八是潮神的生日,这天的浪潮最大最高,潮神一定会出现并且冲在最前面,请你们为我在江边修建一个高大的台子,到时候我要站到上面去,让潮神看得到我,也听得到我的声音。"手下们听了只得按照吩咐分头去准备,钱王则胸有成竹地等着八月十八的到来。

八月十八这天早上,钱王信心满满地走上高台,发现江岸上已经挤满了来自四面八方的百姓,大家深受潮神祸害,听说钱王要制伏潮神,都争相来看。钱王看时辰已到,便大声地对着潮水喊道:"潮神听着,所有江浙百姓在这里作证,你要是答应今后不再扰民,我就放你一马,否则,不要怪我不客气!"话音一落,四周顿时静悄悄的,大家都在紧张地关注着接下来会发生什么。

潮神自然也听到了这番话,可他怎么会把这些凡人放在眼里。没过一刻钟,人们便看到远处逐渐出现一条白线,越变越宽,终于变成了滔天的巨浪,好像转眼就能把岸边的一切都吞到肚里。

钱王一点儿也不慌张，等潮水逼近的时候，他一声令下："放箭！"顿时，无数支箭一齐飞向潮头。围观的百姓第一次见到这样壮观的景象，无不高声呐喊，为钱王的弓箭手们加油助威。而此时，潮水也像是被数不清的箭吓得顿时没了气势，软绵绵地向西南方向退去。

后来，百姓在钱王所站的高台处建成了六和塔。钱王射退潮神后，堤坝也终于顺利地完工。为了纪念钱王的功绩，人们把江边的海堤命名为"钱塘"。

钱王射潮的故事在《宋史·河渠志》中有简单的描述。

〔博闻馆〕〰〰〰〰〰〰〰〰〰〰

"蹬开岭"的传说

传说在钱王射潮这天，其实还发生了一个意外：当天早上，一名士兵气喘吁吁地跑来报告钱王说，弓箭手的队伍被江边一座大山挡住了来路，只有一个狭窄的小口可以通过，士兵们只好一个挨着一个缓缓地前进。钱王听后立即骑上自己的宝马，不一会儿就来到了山口，发现士兵们果真都被卡在缝隙中，走得十分困难。钱王的急脾气又上来了，他想，怎么能让这座小山误了自己的大事！于是把两脚踩在山的缝隙之间，攒足了力气使劲儿一蹬，山竟然一下被劈成了两半，中间的路顿时变得宽敞平坦。士兵们一见钱王如此神勇，都高兴地以最快速度集结到江边。而那个地方从此便被命名为"蹬开岭"，据说钱王那双其大无比的脚印子，直到今天还深深地陷在石壁上面呢。

老虎化女嫁人间

眼前这间茅屋虽然简陋，但干净朴素，最引人注目的是挂在墙中央的一张色彩斑斓的虎皮。茅屋的主人是一对慈祥的老夫妇，还有一个天仙一样美貌的小孙女跟他们一起生活，一家三口在深山之中过着安静的日子。

然而这美好的时光却很短暂，因为小孙女的美貌，不少有钱有势的官家少爷都派人上门提亲，但小姑娘从来都冷眼拒绝。然而这一天雪中冒昧造访的小伙子——申屠澄，却让她颇有好感。

申屠澄是个小官吏，为人厚道，不善于溜须拍马，这年冬天他被派往远离京城且荒凉贫瘠的鄂州南漳任县尉。赴任途中，他一人跋山涉水，终于来到了荒无人烟又陡峭险峻的武当山区，却不想原本晴朗的天空突然乌云密布，狂风大作，下起了鹅毛大雪。这时他发现不远处有间小茅屋，便冒昧敲门希望主人能容自己先歇歇脚。开门的是一位满头白发的老大爷，老大爷热情地邀请他进屋。申屠澄一眼便看到火炉边坐着一个少女和一位老奶奶。他暗暗惊叹：深山之中竟有如此美貌的女子，实在让人惊诧。老大爷介绍自己姓寅，祖辈入山打猎为生，在山中居住多年。那少女名叫胭脂，是他和老伴唯一的孙女。

当天大雪封山，老夫妇留下申屠澄过夜，四个人一同喝酒畅聊，其乐融融。胭脂被申屠澄广博的知识、侃侃而谈的风采所倾倒，申屠澄也越发觉得这姑娘俏皮可爱。

第二天，风雪虽然停了，但出山的路仍被冰雪封住无法行走，申屠澄还需再借宿一晚。这时申屠澄与胭脂已经相处自如，趁两人独处之时，申屠澄试探着对胭脂说："这世上谁若是娶了你，那真是天大的福气啊。"胭脂害羞地说："只要男子有诚恳的心意，嫁给他并不是难事。"申屠澄一听大喜，当下就叩拜老大爷，请求他将孙女嫁给自己，待自己上任后，会准备丰厚的聘礼迎娶胭脂。老大爷一听，笑着说："我们并非贪财之人，只是看你是个好小伙儿才同意把胭脂嫁给你，聘礼就不必了，你们今夜就可以成亲。"申屠澄高兴不已，对着老夫妇拜了又拜。

当夜，申屠澄便如愿与胭脂拜堂成亲。说来也奇怪，第三天，大雪一夜之间消融，出山之路通畅无比。胭脂要随夫而去，临走之前抱着老夫妇哭了很久，才依依不舍地离去。

　　到南漳上任后，申屠澄充分发挥自己的才干，让原本穷困的南漳有了很大发展。胭脂则做起了"贤内助"，相夫教子，操持家务，还热心地帮助邻里，招待宾客。夫妻俩甜蜜幸福，成为众人羡慕的美满家庭。

　　三年任期很快就满了，因申屠澄在任期内取得卓著的政绩，朝廷便召他入京做官。临行之前，南漳官民夹道欢送，申屠澄带着胭脂和他们的一儿一女离开了南漳，沿着来路返回长安。眼看就要进入胭脂曾经生活过的大山，胭脂显得极其兴奋，先是不停地欢呼，后来更忘情地躺在草地上打滚。申屠澄只当妻子是见到久违的故土才如此兴奋，所以也不在意，还在一旁为她助兴。过了一会儿，胭脂安静下来，却面色沉郁地对丈夫吟了一首诗：

> 琴瑟情虽重，山森志自深。
>
> 常忧时节变，辜负百年心。

说完泪如雨下。申屠澄连忙安慰她说："夫人的诗很好，只是听起来太过感伤。但是夫人不必把心全部放置于山野之中啊，你马上就能见到祖父母了，又何必如此伤心？"

胭脂没有回答他，一家人走了一天，终于来到了小茅屋门前，一切都没有变，唯独老夫妇两人没了踪影。胭脂绕着屋子转了很多圈，一直止不住哭泣，突然看到屋角的柴堆里藏着当年挂在墙上的那张虎皮，便破涕为笑，把虎皮披在了身上。申屠澄还没反应过来，只见妻子变作一只大虎，朝着他和孩子点了点头，便向山林深处跑去，转眼不见了踪影。

申屠澄赶忙带着孩子去追，可怎么也找不到胭脂的身影。父子三人伤心地在茅屋中守了三天三夜，可胭脂再也没有回来。申屠澄知道妻子一定是虎仙变成的，料想如今凡缘已尽，等也无用，只好拖儿带女，伤感地离开了茅屋，踏上了回京的路途。

这个故事的原名是"虎仙寅胭脂思凡嫁人间"，在《奇女传》中有生动的记载。

〔博闻馆〕

药王医虎

在民间传说中，老虎并不总是以凶猛的形象出现，除了这个虎仙思凡的故事外，在一则和药王有关的传说中，老虎也充满了善良人性。传说药王孙思邈（miǎo）有一次在野外采药，抬头突然发现离自己不远处站着一只大老虎。药王顿时不知所措，逃吧，肯定跑不过老虎，不逃吧，等于把自己送入虎口，低头看见身边只有一条扁担，却也起不了太大的抵抗作用。僵持中，他发现这只老虎眼中似乎并没有凶残的杀气，反而露出哀求的神情，张着嘴一动不动。药王觉得奇怪，大胆凑上前一看，原来是一根尖尖的骨头扎在了老虎的喉咙中央。药王意识到老虎可能在向他求助，他把扁担上的铁环抵在老虎牙间，手从环中穿过，将骨头小心地取出。老虎并没有要咬他的意思，而是恭敬地冲他摇摇头摆摆尾，然后才离开。这件事一传十十传百，从此药王的弟子们都手拿一个像铁环一样的铃铛，作为外出采药的标志，这个铃铛就被叫作"虎衔"。

五壮士开山

如果皇帝整天只是想着黄金与美女，而不想着怎样将国家治理强大，让人民安居乐业，那么他很有可能已经为国家的灭亡埋下了祸根。

蜀国自建立以来就不太平，先是开国皇帝杜宇让位于鳖灵后，终于孤苦地化作杜鹃千百年长啼；再是鳖灵想方设法地大兴土木，骄奢跋扈，欺压百姓；好不容易江山社稷一代代地传了下来，却不想眼下这个新蜀王昏庸至极，每天只顾吃喝玩乐，周边的邻国都逐渐发达强盛起来，他却压根儿不放在心上。

不断强盛的邻国中，秦国颇有野心，这些年来一直在不断扩充自己的领土。当秦王看到蜀国已经国力衰退时，便想攻打蜀国，把它的领土据为己有。可是蜀国的优势在于地势险要，入蜀的山路险要狭窄，就像一道天然的屏障，易守难攻。为了能够开辟出一条攻入蜀国的道路，秦王费了不少心思。

终于，秦王想出一个办法，他命人打造五头巨大的石牛，然后在石牛的尾部包上金子，让五个人像模像样地每日饲养，并传出话去，说秦王有五头会拉黄金的牛，无论喂给它们什么吃的，它们都会排泄出大量的黄金。消息很快传到了蜀王的耳中，他想，如果这牛属于我该多好呀。不料没过多久，蜀王便收到秦王的信，信上说秦王十分热情地想把五头牛送给蜀王。

蜀王听了高兴得不得了，又听说金牛巨大无比，想要运进自己的国家，必须得有一条宽敞的路。于是蜀王从各地征选能修路的能人，最终选出了五位壮士。他们都力大无比，传说有移山倒海的神力。蜀王便派他们五人以最快的速度开辟出一条由蜀入秦的道路，然后去秦国把他梦寐以求的五头大金牛拉回来。

五壮士费尽千辛万苦终于打通了道路，又把金牛从秦国拉了回来。见到金牛的蜀王顿时傻眼了，这哪是什么金牛呀，除了尾部有一点黄金，其他部分明明都是石头。他又半信半疑地命人饲养了几天，结果金牛一丁点黄金也未曾排出来过。

蜀王很生气，谴责秦王言而无信。这时秦王听说入蜀的"金牛道"被打通了暗自高兴，但又觉得五壮士如此神力让人生畏，便心生一计。他假意安抚蜀王，说自己有五个绝色女了，想要献给蜀王，请蜀王派五壮士来接她们入蜀。

　　蜀王一听有美女进献，便不计前嫌，连忙派五壮士去迎娶美女。五壮士到了秦国，带领着那五个女子踏上回蜀国的路。途中经过一个叫梓潼的地方，一位壮士看到前面有一条巨大无比的毒蛇飞速地游走，好像要钻入前方的山洞。这位壮士说："我去把那条巨蛇打死，以免以后它毒害周围的百姓。"说着便迅速地跑过去，抓住巨蛇还露在洞外的尾巴。他使劲地拽呀拽，可是巨蛇好像有很大的力气，怎么都拽不出来。其他四位壮士见到此景，也急忙跑去帮着一块儿往外拉巨蛇。"轰隆隆"，只听一阵巨响，巨蛇被拽了出来，紧接着整座大山也晃晃悠悠地坍塌了下来，变成了五座峰岭，把五壮士、巨蛇还有那五个女子全部压在山石之下。

就这样，蜀王痛失了五位难得的壮士，也没有得到美貌的女子。这位昏庸的君王却丝毫不为五位壮士的牺牲而伤感，只是觉得未见美女十分可惜，还亲自来到这五座峰岭之上感慨一番，把它们命名为"五妇山"。当地百姓认为五壮士是为保护他们而死的，便将这五座山叫作"五丁山"，用来纪念五壮士。

此时的秦王再也不用惧怕什么了，他亲自率兵，沿着五壮士开辟的山路一路攻打，最终占领了蜀国。那个昏庸的国君临死才知道，原来是自己为秦国的入侵铺好了道路。

"五丁开山"的故事在《华阳国志》《蜀王本纪》《水经注》等书中有记载。

善良的长发妹妹

这是一个侗族的古老故事，故事发生在陡高山下，主人公名叫长发妹。叫长发妹的原因，是这个小姑娘一头乌黑的秀发很长很长。长发妹每天都要梳一梳长长的头发，然后把它一圈一圈高高地盘起来。

长发妹的父亲很早就去世了，只剩下她和妈妈两个人，住在陡高山脚下安静的小村庄里。这个地方十分荒凉，山路陡峭而且水源稀少，人们用的水，要翻过大山走十几里地到山的那一头才能取得到，所以在这个村庄里，水就像油一样金贵。长发妹的妈妈身体很虚弱，常常生病卧床，长发妹从很小的时候就开始细心地照顾母亲。

这天，长发妹把生病卧床的妈妈安顿好，自己拿着扁担去挑水，跋涉了十几里，终于到了取水的地方。这是个小小的泉眼，细细的水柱一点点地滴在桶里，过了好久，两只小桶才装满。长发妹小心翼翼地挑着扁担，向家的方向走去。

中午的阳光格外毒辣，长发妹又渴又累，快要虚脱了，她看到前面的路口有一棵巨大的榕树，便想在这棵大树下乘凉歇息一下。抬头看到这棵榕树的枝叶因为缺水而干枯了，风一吹，树叶沙沙的声音好像在哭泣一样，长发妹心想：这大榕树真可怜，虽然我只有这一点水，但如果我少喝一点省给大榕树，说不定它还能活过来。于是，她小心翼翼地舀了两大勺水，把水均匀地浇在大榕树盘绕的根上。奇怪的事情发生了，大榕树好像变魔术一样，所有的叶子都逐渐舒展开来，颜色也由原来的枯黄渐渐转绿，再过一会儿，整棵树都变得生机勃勃。长发妹高兴极了，就在这时，她看见不远处有一个很大的萝卜长在大山的石缝里。长发妹正好又渴又饿，便开心地跑到大萝卜跟前。大萝卜还有一半埋在石缝中，她便拽着萝卜的根部使劲往外拔，突然萝卜掉了出来，紧接着"哗"地一声，长发妹惊呆了——只见源源不断的泉水从原来萝卜堵着的那个石洞中流出，她赶紧捧起一捧水喝了下去，又清又甜，甘爽可口。她雀跃着想要赶紧回去把这个消息告诉乡亲们，就在这时，突然一阵黑风刮来，长发妹被卷到一个阴森的山洞中。一个长相凶恶的山妖站在她面前，恶狠狠地说："今天你发现泉眼这件事情不许告诉任何人，如果你敢泄露出去，我会杀死你们全村所有的人。"说着又一阵黑风，把长发妹刮回了原地。

长发妹很害怕，挑着两只小桶回到家后不敢和任何人说话，她很想把这个秘密告诉乡亲们，让他们以后不用再跑那么远的路挑水，但又怕说出去以后山妖真的会杀掉全村的人。就这样整日又害怕又担心，她甚至都没再好好坐下来梳梳自己的长发，没过多久，长发妹的头发就变得又枯又黄，又由黄渐渐变白，没有一丝光泽。

有一天，长发妹又看到邻居八十岁的老大爷辛苦地翻过山去打水，回到家时却不小心打翻了水，哭得十分伤心。她再也忍不住了，大声地告诉大家："我知道附近哪里有泉水，又甜又好喝的泉水。"说着便带着乡亲们一起朝长着大萝卜的地方走去。乡亲们拔出了大萝卜，果真看见一个很大的泉眼，大家欢呼着想要感谢长发妹，却发现她不见了踪影。原来，长发妹已经被山妖捉去。山妖恶狠狠地对她说："你把这个秘密泄露出去了，我要惩罚你，如果你愿意躺在泉眼之下任泉水千百年冲刷，那我就放过你的乡亲们，否则我会杀死所有人。"长发妹坚定地说："请给我三天时间，我去与妈妈告别，之后我会听你的话，躺在泉眼之下任泉水冲刷。"山妖同意了她的要求，便放她回去了。

　　长发妹回到家后对妈妈说："妈妈,我要去找邻村的伙伴玩了,可能很长一段时间不回来,你要照顾好自己。"妈妈点点头,又叮嘱了她一番。长发妹又找到那棵巨大的榕树,站在树下向大树告别。突然从树中走出一个白胡子老爷爷,他抚摸着长发妹的头说："好孩子,我知道你的事,一直在等你来呢。

我在这里做了一个和你一模一样的石头人，快把你的头发给我，我把它安在石人头上，山妖便会以为这就是你，你就得救啦。"长发妹一听，毫不犹豫地把长长的头发全部剪了下来。老爷爷接过之后，轻轻放在那个石头人头上，说也奇怪，那头发就像生在石头人上似的。然后老爷爷把这个石人放在泉眼之下，拉着长发妹在一旁躲了起来。过了一会儿，山妖出现了，老爷爷悄悄递给长发妹一把弓箭，让她瞄准山妖，长发妹勇敢地瞄准射击，只听"啊"一声，山妖倒下化作一团黑气消失了。

而此时，长发妹也感觉到自己的头上发生了奇特的变化，再一摸，自己乌黑的长发又长出来啦！她高兴得又蹦又跳。再看泉眼下的石头人，那长发已经与泉水融为一体，水源源不断地流淌，沿途原本寸草不生的地方开始有了生机。

这个故事在侗族民间广为流传。

〔博闻馆〕

侗族女子的头发

长发妹的故事是侗族民间著名的传说。侗族人民的居住区主要分布在贵州省、湖南省及广西壮族自治区，这是个能歌善舞的民族。侗族的女子以乌黑亮丽的秀发和发式多样著称。她们用茶籽油调水洗发，无论是妙龄少女还是已婚妇女，都有着让人羡慕的光亮黑发。她们还会把秀发挽成各种各样的发髻，发髻上插着银梳、木梳或者缀着彩色小珠的银饰，精致而有新意，很多人都赞叹侗族女子的发式是少数民族中最漂亮的。

妈祖娘娘

"看，好强的红光啊！"

"好像是从阿林他们家散发出来的！"

"阿林家新添了一个女孩啊！"……

这天晚上，整座湄洲岛都被神秘的红光笼罩着。一个林姓的都巡官家中，诞生了一个乖巧的女婴，奇怪的是她不哭也不闹，只是睁着亮闪闪的眼睛好奇地望着周围的一切。

大家在看到这个女婴诞生那夜的红光之后，都断定这个小姑娘不简单。实际上也的确如此，这个女孩从小到大，整个人生都充满了传奇色彩。

父母为这个乖巧的女孩起名为林默，又叫她默娘。默娘小时从不啼哭玩闹，待渐渐长大后也表现得比其他同龄孩子聪慧，不仅能过目成诵，还能深刻地理解诗书的意旨。再大一些之后，她立志要一生救世行善，终身不嫁。父母都表示尊重她的想法，此后，默娘便潜心研习医理药理，为穷人义务治病，并教人们如何防止疫情，消除灾难。她好像能够预知未来，总能帮助陷于困难中的人们趋利避害，减少损失。百姓们很快便知道并且信任这个善良又热心的小姑娘，遇到什么事情，总爱找默娘商量。

由于默娘家临海，所以她一有时间就坐下来观察星象，游入海中了解大海的规律。久而久之，默娘既洞晓天文气象又有极好的水性。湄洲岛附近的海中常有暗礁，晚上行船的时候一不小心就有可能被撞到。有很多次就在渔船或者商船将要遇难的关键时刻，人们都会看到海面上闪过一道红光，原来是默娘飞速地赶去营救船员。但是海浪那么大，船离岸又那么远，默娘究竟是怎样渡海的呢？谁都不曾看得真切，于是就有了根据很多村民零碎的传言拼凑起来的传说——默娘在海上救人的时候，乘着一张席子从海上平稳地划过而不会落入海中。又因为默娘能预知天气，会告诉百姓近期是否适合出海，所以百姓们又传说默娘能够预知未来。她的名声越传越大，大家不再叫她的本名，而是恭敬地称她为"神女"。

默娘二十八岁时，在重阳节的前一天，对着父母叩拜说："我内心本来就喜好清净，现在在凡世间待得太久，心中烦闷，明天想要去登高远眺，先和你们告别。"父母和姐姐们都以为她只是想要一个人出去爬山散心。第二天，默娘和姐姐们在湄峰山上烧香敬神之后，便告别了她们，独自一人爬向湄峰的最高处。不久，只见峰顶霎时乌云密布，隐约看到默娘化作一道刺眼的白光直入云霄，紧接着天空中竟然传来阵阵悦耳的音乐。人们都说这是默娘化仙升天了。

默娘离开人间的消息很快传遍湄洲，百姓们伤心不已，为她在湄洲建了一座祠堂专门祭拜她，这就是著名的妈祖庙。

妈祖化仙飞升之后仍然心系百姓，每当出海的百姓有难

时，只要大声呼喊妈祖，妈祖就会显灵来帮助他们。逐渐地，出海的人们都以自己的方式为妈祖立庙立碑供奉她，每次出海前都要祈求她保佑自己平安无事。

妈祖的事迹越传越广，后来沿海的人们都信奉妈祖，据说至今还有人能看到穿着一袭红衣帮助受难渔民的妈祖娘娘。

关于妈祖娘娘的传说还有很多，在《敕封天后志》《天妃显圣录》里都有相关记载。

〔博闻馆〕

有关"妈祖"称呼的传说

默娘成仙之后，有人称作天妃，但大多数人还是恭敬地尊称她为妈祖，其实，关于这个称呼也有一个传说。相传很多被妈祖救过的百姓总结出一个经验，大家发现如果在遇难的时候大声呼叫"妈祖，救命啊"，妈祖娘娘就会不施脂粉马上赶来救人；但若是呼叫"天妃，救命啊"，妈祖就需要先盛装打扮一番，然后雍容华贵地前来救人。遇难的人谁不想早早地被救呢，所以大家就不约而同地统一尊称"妈祖娘娘"了。

狗咬吕洞宾，不识好人心

吕洞宾是八仙之一，在他还没有成仙时，他的师父曾经派他前往庐山修炼。吕洞宾途经一个小镇时，被一个急急忙忙赶路的人撞了一下。

吕洞宾很生气，对那个人说："这位兄弟走路要小心啊，大路这么宽你都能撞到我。"

那人连忙说："对不起，我急着要去三十里开外的一座庙里请高僧降妖，怕误了大事，才走得太急。"

吕洞宾问："虽然我还没修炼成仙，但也掌握了一些法术，能不能告诉我究竟有什么妖怪？"

那人说："我家老爷是本地的王员外，有一个女儿，今年16岁，才貌双全。没想到我家小姐在一次去庙里进香时被妖怪看到，并且被妖怪附身。妖怪说要小姐嫁给他，结果员外不答应。妖怪把小姐关在屋内，我家老爷没办法才让我去报国寺请高僧降妖。"

吕洞宾说："我先和你一起去请高僧，然后再去你家帮忙降妖。"说完，两个人一起去请高僧。

来到报国寺后，方丈对仆人和吕洞宾说："你们说的妖怪是二郎神的哮天犬，它趁着二郎神不在家，擅自到人间作怪。但是，哮天犬罪不至死，所以降妖时要留它一条生路。"说完，方丈把自己的徒弟知圆和尚叫了过来，让他带着宝物前去降妖。

知圆来到员外家，和吕洞宾一起走到小姐房门口。他让吕洞宾手里拿着一幅画站在门外，告诉吕洞宾，只要哮天犬来到门口，钻进这幅画内，就立刻把画卷起来，这样哮天犬就会化成灰烬了。说完，知圆就冲进房内，与哮天犬打了起来。知圆在屋内作法，招来了很多神兵，把哮天犬杀得节节败退。只见哮天犬支持不住，冲出房门，发现门口有一片园林，于是就钻了进去。

原来那片园林就是吕洞宾拿着的画中景色，吕洞宾立刻卷起画卷。卷了一半，他突然想起了方丈说过要放哮天犬一条活路，于是就停了下来。没想到哮天犬发现这是个陷阱，就从画中跳了出来，在吕洞宾的腿上咬了一口。接着，哮天犬便逃得无影无踪了。

吕洞宾好心被狗咬的故事就这么流传下来，人们用"狗咬吕洞宾，不识好人心"来比喻不识好歹，错怪了好人。

〔博闻馆〕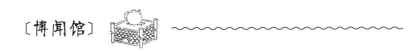

八仙之一吕洞宾

吕洞宾，名岩，字洞宾，是中国古代的道教仙人。吕洞宾精于道教法术，民间传说他能够飞剑取人头，并能以各种法术助善除恶，解人急难。吕洞宾心地善良，他经常隐姓埋名在人间游历，没有人知道他的身份，等到他做了好事之后，人们才知道眼前的人竟然是一位神仙。在古代民间传说中，出现了很多关于吕洞宾拯救穷人、惩罚恶人的故事，很多有关法术和仙术的故事都被附加到吕洞宾身上，吕洞宾就这样成了无所不能的神仙人物。从宋代起，吕洞宾被道家子弟共同奉为八仙之一。

八仙过海，各显神通

有一次，王母娘娘在天宫里的蟠桃园大摆宴席，举办了一次神仙聚会，各路神仙都欣然赴宴，八仙也不例外。宴席结束后，八位仙人在返回的途中路过东海，吕洞宾提议说："我听说东海有个蓬莱仙境，风景宜人，不如我们前去欣赏一番，如何？"其他七位仙人都表示赞同。

吕洞宾又出了个主意，他说："我们都是神仙，这次出海就不坐船了，大家各自施展法术渡海。"说完，吕洞宾从腰间解下自己的宝葫芦，打开葫芦盖，里面升出一朵莲花，他脚踏莲花渡海而去。

其他仙人也不甘示弱。铁拐李把自己的龙头拐杖往海里一抛，飞身站在上面，好像乘坐龙舟一样飞驰向前。汉钟离拿出乐鼓，盘腿坐在上面，紧随其后。张果老仍然倒骑在自己的毛驴上，喊了一声"驾"，海面上立刻分出一条路，毛驴就在海面上飞奔起来。韩湘子吹起自己的笛子，海水很听话地开辟出一条通道，韩湘子踏浪而去。何仙姑将自己背着的奇花异草变成了一顶花轿，她坐在里面优雅地行进在海上。曹国舅打着竹板，叫来一只大海龟，坐在上面过海。蓝采和把自己的玉板抛到海面上，自己站在上面，玉板散发出万丈光芒，将整个东海照了个通亮。

八仙过海时，东海龙王正在喝酒。他问手下的人："为什么海上这么大动静啊？"

有虾兵禀报："报告大王，有八个仙人施展法术正在过海。"

东海龙王嫌八仙在海面上的动静太大，于是率领着虾兵蟹将来到海面，打算将八仙赶走。结果八位仙人各自施展法术，几下就将那些虾兵蟹将打败了，东海龙王只得灰溜溜地回到了龙宫。

"八仙过海，各显神通"这句谚语逐渐流传了下来，用来比喻各自有一套办法，或各自施展本领，互相竞赛。

〔博闻馆〕

八仙

八仙说的是我国古代传说中的八位仙人。在古代的笔记小说和杂剧中，经常可以看到关于八仙的故事，而且八仙的人物版本各不相同。这种情况一直持续到明朝，当时有个叫吴元泰的人写了一篇故事《东游记》，这才让八仙广泛流传，并且成为今天八仙的固定版本，即铁拐李、汉钟离、张果老、蓝采和、何仙姑、吕洞宾、韩湘子、曹国舅。

　　八仙很平民化，这与正统的神仙形象大不相同。八仙原来都是平民老百姓，因为各种情形修炼成仙，因此八仙不是那种十全十美的仙人，各自都有缺点，这样也比较容易被普通民众接受。据说八仙各有所指，分别代表男女老少，富贵贫贱，所以八仙在道教中占有相当重要的地位，中国许多道观都设有八仙宫，人们在庙会上也会看到八仙的形象。八仙的形象还常出现于年画、刺绣、瓷器等中国传统手工艺品中。民间最流行的一个故事就是八仙参加蟠桃大会，为王母娘娘祝寿，"八仙过海"的故事正来自于此。

阅读方案

神话：人类童年绚丽的诗篇

也许，我们每个人幼年的记忆里至今还回响着月宫里那砍伐月桂的斧头声，脑海里至今还浮现着夸父追日的身影，眼前至今还晃动着女娲炼石补天的情景……其实，这美好的一切无不来自于古老的神话。

那还是人类童年的时候，由于人们对风雨雷电等自然现象不能科学地理解，便通过想象甚至幻想的方式来解释，体现了他们对自然的崇拜与斗争，经过一代代的传承、加工，并寄寓着他们的某种理想，表达了他们的某些愿望。就这样，神话诞生了。

我国最早的神话是创世神话。那时候，原始先民不知道天地为何物，也不知道人类到底从哪里来，万物究竟是怎样诞生的，于是，他们便通过少得可怜的生活经验来想象、猜测。其实，几乎每个民族都有这样的神话，甚至还有不少相似的。比如关于人类的诞生，中国的女娲造人、古希腊的普罗米修斯造人、古希伯来民族的耶和华造人，其原材料都是泥土。所以，有人戏说人身上总有搓不净的泥灰。这样的神话在我国有很多，比如本书中的《开天辟地第一人》《女娲娘娘造凡间》等。

那时候，先民们自以为知道了天地之始，便开始思考风霜雪雨等自然现象，因为这些曾引发过他们无限的好奇，而这也为之提供了无尽的想象的素材，最终成就了我们现在的神话——自然神话。比如《女娲补天》等。

随着社会的进步，先民在与大自然的斗争中，对自然界的恐惧程度大大降低，并有了反抗大自然的强烈愿望，便开始把各自团体里具有发明创造性等重大贡献的英雄人物进行想象并夸大，进而塑造出某种具有超人力量的人物形象，这样，就有了英雄神话。像本书中《追逐太阳的人——夸父》《一口气射掉九个太阳的大英雄——后羿》等。

如今，尽管诞生神话的土壤已经不复存在了，但是，阅读神话对我们来说却有着鲜明的现实意义。

从某种意义上说，神话为我们认识宇宙提供了一定的依据。我们知道，即便在科学相对较为发达的今天，我们对宇宙奥秘的了解也远远不够，但是，自古以来人们对宇宙奥秘的探索、生命的诞生等问题的思考一直都没有停止过脚步，而神话恰有很多反映了这些思考，虽然它们都有着很大程度上的荒诞性，但毕竟也是当时一种思考的表现形式，存在着一定的逻辑性，可以给我们很多启发或者引导。

神话曾经给过人类的诞生一个尽量合理的解释。关于人类的诞生这个问题，中西神话几乎如出一辙，中国的是女娲造人，西方的是上帝造人，都是用一个无所不能的天神来解答这个人类的起源问题的。在今天看来，这虽然是不真实的，甚至是荒诞的，但是，在当时来说，确实是非常合理的，令人信服的。

另外，神话还表达了人们对美好生活的向往。那时候，由于法律的匮乏，公义的缺失，能力的不足，于是，便幻想有种超自然的力量能够为人们主持公义，惩恶扬善，让很多现实中的不可能成为可能。从而使人们产生一定程度上的敬畏，促使人们向善，客观上有助于社会的稳定、和谐，维护着社会秩序。不仅如此，在很大程度上，神话还是我国文学的源头，为后世创作提供了不朽的源泉。那么，时至今日，它一样也会为我们的写作提供不竭的素材。

　　所以，今天我们阅读神话，不仅可以从中学到像夸父那种执着的坚持，还能学到像大禹那种为了人民幸福的担当，学到沉香劈山救母的孝心……更能从中了解很多有趣的知识，从而熏陶我们的品质，提升我们人生的内涵，丰富我们的生命。神话，从某种意义上说就是一首首人类童年绚丽的诗篇。

中国古代神话人物事迹及关系

盘古——开天辟地之神

主要事迹：开天辟地，垂死化身，成就万物。

从他的原始风貌上看，盘古处于前无古人、后无来者的位置，既无祖辈亲人，又无后辈子孙，更无妻妾。

后来，变成盘古真人以后，造神者才为他配备了家属和儿孙。

女娲——人类始祖，中国古代最著名的女性天神

有补天、造人、化神、制作乐器、搭配婚姻等神功。

汉代以后，被造神者嫁作伏羲妇。

有巢氏

教人构木做巢。开启了我国原始时代由穴居进入巢居的时代。

燧人氏

教人钻木取火。结束了远古人类茹毛饮血的历史，开创了华夏文明。

伏羲氏——又称太昊，东方之帝，人文始祖

最早伏羲是个单身汉，有发明琴、教人结绳记事、织网捕鱼以及成就婚姻的神迹。

伏羲时代，人类进入渔猎时代。

汉代以后，造神者逐渐地把他与女娲配为一对。

炎帝——号神农氏，南方之帝，中华民族的精神领袖

长子春神句芒，次子秋神蓐收，女儿女娃（后化身精卫鸟）。

其神功有焚山造田、播种谷物以及尝百药、鞭百草以确定药性，大约是农耕时代出现的主神。

作为南方之帝，成为以黄帝为核心的五方帝集团成员之一。后来率领部属蚩尤等与黄帝打了一场名垂青史的神间大战。

黄帝——号轩辕氏，居五帝之首，中华民族的又一位精神领袖

原来是一位雷神。因为是五帝战争中的胜利者，统一了各部落，一跃成为五方帝集团中的中央之帝，也就有第一领导之意，建立了真正意义上的政权中心。

黄帝时代的诸神陆吾、英招、离珠、金甲神、蚩尤、风伯雨师、赤松子、力牧、神皇、风后、应龙、魃、夸父、大力神夸娥

氏、大庭氏、五龙氏。

据说，黄帝后来登龙成仙。

少昊——*黄帝之子，西方之帝*

少昊本是东方之国的主神，后来可能是被信奉黄帝的民族打败，也可能是编制五方帝的需要，被移到了西方，并且被说成是黄帝之子，成为西方之帝。

颛顼——*号高阳氏，黄帝之孙，北方之帝*

颛顼继少昊之后主政，制作历法，创制九州，作《承云》曲。

帝喾——*号高辛氏，黄帝曾孙*

颛顼、帝喾分别是上古时期"三皇五帝"中的第二位、第三位帝王，前承炎黄，后启尧舜，奠定华夏根基，是华夏民族的共同人文始祖。

后稷——*帝喾之子，农神*

后稷又名弃。他的母亲走神人足迹而怀孕之后生下了他，后来屡次将他抛到荒郊野外，他屡次被神灵保护，表现出非凡的神格。

后稷是一位农神，携种子下世，教百姓播种。

尧——*帝喾之子，妻女皇*

尧是父系氏族社会后期的部落联盟领袖。初封陶丘，后改封唐，史称陶唐氏。首开禅让制，设立诽谤木、敢谏鼓。

舜——黄帝七世孙，名重华，妻娥皇、女英

舜以孝道闻名于天下，曾在历山耕种，在陶河滨制陶，在雷泽捕鱼。参政后，舜将天下划为并、冀、幽、营、兖、青、徐、荆、扬、豫、梁、雍十二州，以河道确定各州的边界。

由于舜的贤德，帝尧不仅把两个女儿嫁给了舜，而且最后将帝位传给了他。舜又将帝位传让给贤德而非子孙的禹，成为实施禅让制的第二代圣王。

禹——黄帝玄孙，父鲧，妻女娇

按辈分，禹比舜大，但是，禹却是舜手下的大臣。受舜之命，子承父业，终于完成了父亲鲧未竟的治水事业。

禹发扬先帝的光荣传统，传贤而不传亲，成为实施禅让制的第三代圣王。

源自中国古代神话故事的成语

夸父逐日：比喻志向远大，也比喻不自量力。夸父，古传说中的人名。出自《列子》。

八仙过海：比喻各自拿出本领（办法），互相竞赛。八仙，铁拐李（李玄）、汉钟离（钟离权）、张果老、蓝采和、何仙姑、吕洞宾（吕岩）、韩湘子、曹国舅（曹景休）。出自《争玉板八仙过海》。

嫦娥奔月：嫦娥投向月亮。嫦娥，月宫仙子。奔，投向。出自《淮南子》。

精卫填海：精卫衔来木石，决心填平大海。旧时比喻仇恨极深，立志报复。后比喻意志坚决，不畏艰难。精卫，古代神话中的鸟名。出自《山海经》。

女娲补天：女娲炼五色石补天的裂缝。形容改造天地的雄伟气魄和大无畏的斗争精神。女娲：传说为伏羲的妹妹。出自《淮南子》。

开天辟地：盘古氏开辟天地，开始有人类的历史。后常比喻空前的、自古以来没有过的。出自《三五历记》。

天女散花： 来自于佛教故事，指天女散花以试菩萨和声闻弟子的道行，花至菩萨身上即落去，至弟子身上便不落。后多形容抛洒东西或大雪纷飞的样子。出自《维摩经》。

画龙点睛： 本是形容南朝梁代画家张僧繇作画的神妙。后多比喻写文章或讲话时，在关键处用几句话点明实质，使内容生动有力。出自《历代名画记》。

黄粱美梦： 比喻虚幻不能实现的梦想。黄粱，小米。出自《枕中记》。

一人得道，鸡犬升天： 个人得道成仙，全家连鸡、狗也都随之升天。比喻一个人做了官，和他有关系的人也都跟着得势。出自《论衡》。

杞人忧天： 杞国有个人怕天塌下来。比喻不必要的或缺乏根据的忧虑和担心。杞，周代诸侯国名，在今河南杞县一带。出自《列子》。

巴蛇吞象： 巴蛇吞吃大象。比喻贪得无厌。巴蛇，古代传说中的大蛇。出自《山海经》。

补天浴日： 指女娲炼五色石补天与羲和给太阳洗澡两个神话故事。后用来比喻人有战胜自然的能力。也形容伟大的功业。出自《山海经》。

恨海难填：比喻怨气难平。恨海，怨恨如海。难填，难以填塞。出自《山海经》。

鸾飞凤舞：形容祥瑞和平的环境。出自《山海经》。

七十二变：指变化多端的策略、手法和方法。出自《西游记》。

人心不足蛇吞象：比喻人贪心不足，就像蛇想吞食大象一样。同"贪心不足蛇吞象"。出自《山海经》。

神荼郁垒：二神名，传说能治恶鬼恶神，后世奉为门神。指门神。出自《山海经新释》。

衔石填海：比喻为实现既定目标，坚忍不拔地奋斗到底。出自《山海经》。

刑天争神：刑天同天帝争夺神位。比喻大无畏的精神。刑天，神话人物。出自《山海经》。

朝生夕死：早晨刚生，晚上就死亡。形容事物生命短暂。出自《山海经》。

叱石成羊：一声呼喊，居然使石头变成了羊。常用来比喻神奇的事情。出自《神仙传》。

东海扬尘：大海变陆地，扬起灰尘。比喻世事变化很大。出自《神仙传》。

恶衣蔬食：指粗劣的衣食。形容生活俭朴。同"恶衣菲食"。出自《神仙传》。

淮王鸡狗：比喻攀附别人而得势的人。出自《神仙传》。

嚼墨喷纸：本是传说，后形容人能写文章。出自《神仙传》。

麻姑献寿：指祝贺寿辰。出自《神仙传》。

麻姑掷豆：指神仙用法术点化事物。也比喻运笔法点缀文字，使诗文作品新颖，别具一格。出自《神仙传》。

桑田沧海：大海变成桑田，桑田变成大海。比喻世事变迁极快、极大。桑田，农田。出自《神仙传》。

一聚枯骨：一堆枯朽的骨头。指人死很长时间了。一聚，一堆。出自《神仙传》。

治病救人：指治好病，把人挽救过来。比喻帮助犯错误的人改正错误。出自《神仙传》。

竹杖化龙：竹杖化作一条龙。比喻得道成仙。出自《神仙传》。

　　自掘坟墓：自己的所作所为就像在替自己挖掘坟墓一样。比喻自寻死路。掘，挖。出自《神仙传》。

　　指树为姓：道教传说，老子生于李树下，于是就以李为姓。出自《神仙传》。

　　知足无求：人知道满足就不会有过多的贪求。出自《神仙传》。

　　东兔西乌：月亮东升，太阳西落。表示时光不断流逝。兔、乌，古代神话传说中说，月亮里有玉兔，太阳里有三足金乌，所以用乌、兔代指日月。出自《瑞鹤仙》。

　　东曦既驾：指太阳已经在东方升起。比喻驱散黑暗，光明已经出现。曦，曦和，神话中驾日车的神。同"东曦既上"。出自《桂苑丛谈·崔张自称侠》。

　　吉光片羽：比喻残存的珍贵文物。吉光，古代神话中的神兽名。片羽，一片羽毛。出自《西京杂记》。

　　清都紫微：神话传说中天帝居住的宫阙。借指帝王居住的都城。出自《列子》。

　　擎天之柱：支撑天的柱子。古代神话传说昆仑山有八柱擎天，后用来比喻能担负重任的人。也作"擎天玉柱"。出自《云笈七签》。

日薄虞渊：比喻人已经衰老或事物衰败腐朽，临近死亡。薄，接近。虞渊，神话传说中日落的地方。出自《淮南子·天文训》。

十日并出：古代神话传说天上本有十个同时出现的太阳。比喻暴乱并起。出自《山海经》。

水漫金山：形容大水弥漫。金山，在江苏省镇江市。也作"水满金山"。出自《白雪遗音》。

松乔之寿：指长生不老。松乔，神话中仙人赤松子与王子乔。出自《列仙传》。

天衣无缝：仙女的衣服没有衣缝。比喻事物周密完善，找不出什么毛病。通常形容计划周密严谨，或做事情不留痕迹。也作"无缝天衣"。出自《灵怪录》。

兴风作浪：原指神话小说中妖魔鬼怪施展法术掀起风浪。后多比喻煽动情绪，挑起事端。兴、作，引起。出自《锁魔镜》。

兴云致雨：神话传说，神龙有布云作雨的能力。借指乐曲诗文，声势雄壮，不同凡响。兴云，布下云彩。致雨，使下雨。出自《后汉书》。

玉宇琼楼: 神话中仙人居住的宫殿。形容覆雪的楼宇。也作"琼楼玉宇"。出自《拾遗记》。

月里嫦娥: 嫦娥,神话中月宫里的仙女,相传她是后羿的妻子,因偷吃不死之药而上了月宫。比喻风姿绰约的美女。出自《淮南子》。

云锦天章: 比喻文章极为高雅、华美。云锦,神话传说中织女用彩云织出的锦缎。天章,彩云组合成的花纹。出自《潮州韩文公庙碑》。

含沙射影: 传说一种叫蜮的动物,在水中含沙喷射人的影子,使人生病。比喻暗中攻击或陷害人。出自《搜神记》。

叶公好龙: 比喻口头上说爱好某事物,实际上并不真爱好。叶公,春秋时楚国贵族,名子高,封于叶(古邑名,今河南叶县)。出自《新序》。

海市蜃楼: 原指海边或沙漠中,由于光线的反向和折射,空中或地面出现虚幻的楼台城郭。现多比喻虚无缥缈的事物。蜃,大蛤。出自《史记》。

百鸟朝凤: 旧时喻指君主圣明而天下依附,后也比喻德高望重者众望所归。朝,朝见。出自《太平御览》。

　　三头六臂：三个脑袋，六条胳臂。比喻神奇的本领。出自《景德传灯录》。

　　力劈华山：是形容力大无比。出自《沉香救母》。

　　太公钓鱼：比喻心甘情愿地中别人设下的圈套。出自《武王伐纣平话》。